AF201409

Das Fenster

Novelle
von
Alexander Castell

Bibliografische Information der Deutschen Nationalbibliothek. Die Deutsche Nationalbibliothek verzeichnet
diese Publikation in der Deutschen Nationalbibliografie;
detaillierte bibliografische Daten sind im Internet über
http://dnb.d-nb.de abrufbar.

Das Fenster - Novelle von Alexander Castell

Neufassung und Digitalisierung von Peter M. Frey
nach dem Original von 1914 by Albert Langen
Munich, unter Beachtung der neuen deutschen
Rechtschreibung. Es handelt sich um ein
gemeinfreies Werk.

Willy Lang lebte von 1883 bis 1939 und publizierte
unter dem Pseudonym Alexander Castell.

Copyright © 2017 Peter M. Frey
Herstellung und Verlag
BoD - Books on Demand, Norderstedt
ISBN 9783746017754

An einem grauen Septembertag war es, als Roman Henry am Rhyn bei einem kleinen und in seinem Äußerem nicht sehr komfortablen Hotel der Rue de la Sorbonne in einem Fiaker vorfuhr.

Der Garçon kam aus dem Entrée gelaufen und mühte sich, den großen gelben ledernen Koffer vom Kutscherbock herunterzuheben, indes Roman Henry mit einer grünen dunklen Reisetasche ausstieg und dann seiner kleinen Freundin Gabriele aus dem Wagen half.

Langsam stieg er mit ihr die schmale Hoteltreppe, die sich wie eine alte gotische Turmstiege in Rundungen emporwand, hinan, zuweilen innehaltend wie ein Mensch, der entweder mit Atmungsbeschwerden behaftet ist, oder aus reiner Neigung zur Gelassenheit ein rasches Tempo nicht liebt.

Das Stiegenhaus war dunkel, und Gabriele schmiegte sich in hingebungsvoller Haltung an ihn, als wollte sie ihn etwas stützen, oder auch nur durch einen sanften Druck des Armes ihrer Gegenwart versichern.

Als sie beide in der dritten Etage in die von ihnen am Morgen dieses Tages gemieteten Zimmer traten, hatte der Garçon den Koffer schon neben die Tür an die Wand gestellt und sich verabschiedet.

Roman Henry trat in die Fensteröffnung, die ohne Brüstung die ganze Höhe des Zimmers einnahm und nur von einem braun bestrichenen Eisenstab quer durchzogen war. Er sah hinüber an das Gemäuer der Sorbonne und träumte eine Weile über dem Ausblick nach dem stillen, dunklen, vergitterten Gebäude.

Als er sich umsah, war Gabriele schon daran, den Koffer auszupacken. Sie legte mit ihren schnellen Händen Stück um Stück in den großen, in die Wand eingelassenen Schrank und hing die Kleider an einen Rechen, der in einem kleinen Vorgemach von einem geblümten Tuch überhangen war.

Roman Henry hatte sich den braunen karierten Paletot und den Rock abgestreift und saß, die Arme auf den Knien, auf dem Stuhl neben dem Fenster.

»Du bist müde?«, antwortete Roman Henry und langte nach der grünen Reisetasche.

Gabriele hatte sich auf das Bett im Alkoven gesetzt und verhielt sich völlig still.

Da entnahm er einem Etui ein kleines silbernes Instrument mit langer Nadel und zog es aus einem winzigen Glasfläschchen voll mit einer klaren, schimmernden Flüssigkeit.

Er streifte den Hemdärmel zurück und stach die Nadel in die Haut, am Unterarm nahe beim Ellbogen.

Als die Spritze leer war, lehnte er sich zurück. Gabriele schaute mit aufmerksamem, angespanntem Blick auf seine halbgeschlossenen, sehr eingefallenen Augen, wie nach einem Punkt, auf den es jetzt in jedem Sinne ankam. Sie wusste, dass er nicht schlief, sondern vielmehr seinen schlanken Körper kontrollierte und die Ströme, die eben durch ihn rannen, in allen Nuancen zu empfinden versuchte. Von der Straße her kam das rollende Geräusch eines schweren Omnibus, aber Roman Henry verharrte regungslos in seiner Stellung, als ob seine Sinne ganz nach innen gerichtet wären.

Auf seinem Gesicht aber geschah allmählich eine Wandlung. Sein seltsam farbloser Teint erhielt einen matten, rötlichen Schimmer, die geschweiften Augenbrauen hoben sich zuweilen in einem merkbaren Zucken, die Form der schmalen, bläulichblassen Hände, die vorher regungslos und ohne den geringsten Ausdruck einer Kraft auf seinen Knien gelegen hatten, begann sich zu straffen, und als Roman Henry endlich die Lider hob, lächelte er Gabriele ins Gesicht, aber nicht heftig oder einer übermäßigen Bewegung, sondern eher still und froh, wie einer, der weiß, wie kostbar schließlich die Möglichkeit eines solchen Lächelns ist.

Seine Augen aber hatten nun einen fast majestätischen, dunkel strahlenden Glanz; und wie er aufstand, zeigte sein ganzer Körper so viel stolze Haltung und Festigkeit, dass sich Gabriele hob und in einem einzigen Sprung an seinem Halse hing.

Sie fühlte sich in diesem Augenblick überglücklich, als hätte sie ihren Geliebten eben eine schwere Krankheit überdauern sehen, und trotzdem sie diesen Moment täglich einmal, und zwar immer gen Abend, erlebte, hatte er für sie doch stets eine unheimliche, beklemmende Spannung.

Einmal war ihr der Vorgang an sich im tiefsten Wesen fremd. Sie misstraute dieser sonderbaren Steigerung der Natur, wenn ihr auch Roman Henry weitläufig und mit vielen Worten deren Notwendigkeit zu beweisen versucht hatte. Dann waren diese paar Minuten, da er so starr und weitabgewandt dasaß, die einzigen im Verlauf des ganzen Tages, da sie für ihn gar nicht existierte, und Gabriele durchrann darob das Gefühl einer ängstlichen Verlassenheit, zumal sie den Eindruck hatte, er sei im Verlauf der Verwandlung kaum Herr seiner selbst, sondern eher ein lebloses Wesen, das, einem dunklen Ziel hingegeben, auf irgendeine Erfüllung wartete.

Nun war aber wieder alles gut. Henry legte ihr die Hände auf die Schultern und sah sie glücklich an. Dann küsste er sie leise, und seine Gebärde war so behutsam, als wäre Gabriele nicht nur seine Geliebte, sondern zugleich eine kleine Schwester, die in seinem Dasein noch eine bedeutsame Rolle erfüllen sollte.

Sie wandten sich beide ins Nebengemach. Gabriele begann, sich für den Abend ein dunkelblaues Schneiderkleid mit breiter schwarzer Einfassung anzuziehen. Roman Henry lag auf der Chaiselongue.

Er liebte ihre anmutigen, kleinen Bewegungen. Wie sie dastand, die schmalen Arme hob und sich mit ihren kleinen, leider etwas roten Händen – denn Gabrieles Hände hatten bis vor kurzem noch sehr gearbeitet – das braune, kastanienfarbene Haar aufsteckte, hernach ihr eher rundes als ovales Kindergesicht puderte und mit dem Ernst, der der Bedeutung der Handlung angemessen war, die Augenbrauen färbte, war sie für Roman Henry der Anlass zu einer rührend komischen Erheiterung.

»Wie war denn das mit der Meisterin?«, fragte er sie mit verkniffenen Lächeln. Er sah dabei nach der Gardine am Fenster, die auf mattgrauem Grund grüne und rosafarbene Blumenornamente zeigte, in deren Mitte er plötzlich, in seiner wachen Phantasie, eine abscheuliche Fratze entdeckte. Es war vor allem eine große Nase, die in einer so unwahrscheinlichen und degoutanten Art über den Mund herunterhing, dass Roman Henry unvermittelt mit einem unbändigen Gelächter herausplatzte.

»Du fragst immer dasselbe«, sagte Gabriele, ohne sich vom Spiegel wegzuwenden.

»Ach ja, die Meisterin«, meinte er, jetzt wieder beruhigt; »also sie war sehr schlimm?«

»Ja, sie war eine ordinäre Kröte«, antwortete Gabriele, indem sie sich den Hut aufsteckte.

»Sie hat dich sehr gequält?«, fragte er weiter, aber ganz mechanisch, wie man einen Schüler eine oft schon wiederholte Lektion repetieren lässt.

»Zuletzt hat sie mir fast die Hälfte des Lohnes abgezogen, und ich hatte doch nur achtzehn Francs die Woche«, schnatterte Gabriele wie ein Papagei.

»Und gepufft hat sie dich auch?«

»Ja, gepufft hat sie mich auch ... Wollen wir gehen?«

Roman Henry hatte sich erhoben, und sie stiegen zusammen die schmale Treppe hinunter. Gabriele hing die Zimmerschlüssel im Entrée an das große schwarze Brett in dessen Nischen sich bei jeder Nummer ein kleiner messingener Kerzenleuchter befand. Dann traten sie auf die Straße und schritten gegen die Place du Panthéon.

Nun schwiegen sie beide.

Die Unterhaltung über die Meisterin war zwar im eigentlichen Sinn noch nicht beendet, aber das Thema schien doch der Situation nicht mehr angemessen.

Vom Boulevard St. Michel drang das Geräusch der Automobile und Fiaker, das schwere Keuchen der Dampftramway, die die Steigung der Straße hinan kroch. Vom Panthéon her kam ein großer Lastwagen mit Gepolter gefahren.

Roman Henry ging wieder langsam und schien zuweilen ob eines Geräusches wie unter einem Schlag zu zucken.

Dies war aber nur in den ersten Minuten. Als er sich an eines der vielen kleinen Tischchen vor der Taverne du Panthéon gesetzt und eine Abendzeitung gekauft hatte, trug er ein vergnügtes Zwinkern in den Augen und sah hinüber nach dem Luxembourggarten, dessen Bäume in schwarzen Silhouetten im rosafarbenen Abendhimmel standen.

Ringsum war heftiges Reden und Gestikulieren.

»L'intransigeant: La Presse! La Presse ...«, heulten die Camelots die Trottoirs entlang.

Über den Platz schob sich die Menge der abendlichen Spaziergänger von gertenschlanken Mädchen durchkreuzt, die mit hellen klingenden Stimmen schäkerten und den Herren lachende, versprechende Augen machten.

In der Taverne intonierte das Orchester eine Arie aus »Tosca«.

Gabriele saß wie eine kleine Prinzessin neben Roman Henry, in wahrhaft großer Haltung.

Sie maß die schlanken Grazien, die sich ringsum bemühten, um den Abend nicht allein, sondern in guter

Begleitung zu verbringen, mit überlegenem Blick, ließ ihre Augen über das Gewühl hinschweifen, wie über eine Bewegung, der sie sich in diesem Augenblick durchaus gewachsen fühlte, und schlürfte den Quinquina mit dem Ausdruck einer gewissen Geselligkeit.

Durch die Tische schlich eine alte bestialisch hässliche Blumenverkäuferin mit fleckigem, vernarbten Gesicht.

Sie stand plötzlich so dicht vor Roman Henry, dass er in einem Nervenschock vor ihr zurückwich. Er kaufte aber Gabriele viele, viele Rosen.

Als die Alte weg war hatte er ein Gefühl, als wäre er einer großen Gefahr entronnen.

Der Abend war trotz des klaren Himmels kühl, denn es hatte am Vormittag geregnet.

Es fröstelte Gabriele, und sie wollte noch ein Stück gehen.

Als sie den Boulevard in der Richtung der Avenue de L'Observatoire hinaufschritten, dachte Roman Henry mit einem seltsamen Staunen daran, wie viel Widerstände und Mühelosigkeiten für ihn die gewöhnlichen Formen und Funktionen des Lebens umfassten.

Er sah Gesichter und Gestalten in der Dämmerung an sich vorbeigleiten, von denen er voraussetzte, dass sie all dem, was sein Dasein unangenehm, oft widerwärtig machte, kaum den Sinn eines hohen Wertes schenkten.

Ihre Lebenslinie verlief in vernünftiger, mehr oder minder regelmäßiger Richtung und Kurve, während er selbst dazu bestimmt schien, ein wirres, kompliziertes, zuweilen ganz unübersichtliches Netz von Erlebnissen und Vorgängen zu weben.

Da sagte Gabriele plötzlich: »Ich habe einen Brief von der Mutter bekommen ...«

Roman Henry horchte auf und fragte teilnahmsvoll und doch noch ganz abwesend: »Was schreibt sie denn?«

»Dass alles gut geht. Nur jede Nacht wacht sie auf, wenn der Zug vorbeifährt, und dann muss sie oft weinen.«

Roman Henry machte ein paar Schritte und meinte dann: »Es ist schön, zu wissen, dass man von seiner Mutter ersehnt wird, aber man vergisst das oft jahrelang.«

Gabriele verstand nicht genau, was er aus seinen eigenen Erfahrungen damit andeuten wollte, und dachte einen Augenblick daran, ihn zu befragen. Sie wagte es aber doch nicht und schwieg.

Da hub er wieder an: »Und was wirst du ihr jetzt schreiben?«

»Dass ich im Geschäft bin und täglich bis acht Uhr arbeiten muss.«

»Weiter?«, fragte Roman Henry und sah nach einem Lichtschein in der Ferne beim Boulevard Montparnasse.

»Dass ich dann müde bin und mich gerne schlafen lege.«

»Ist das alles?«

»Ja.«

»Wird sie dir das glauben?«

»Ich hoffe es.«

Gabriele hatte einen sinnenden Zug in den Augen, als erwäge sie noch einige Kombinationen und Möglichkeiten: »Man muss so etwas nur mit viel Liebe schreiben, dann glaubt's die Mutter immer.«

Roman Henry dachte an die kleine Gabriele, die vor Wochen an einem sonnigen Mittag auf einem der vielen kleinen Stühle im Luxembourggarten saß und beklommen und doch wieder unternehmend sich umschaute. Ihre schwarzsamtene Toque glänzte im Mittagslicht und ihre Augen, die in Wirklichkeit eher hellbraun als dunkel waren, schauten ganz schwarz durch das dünne Gewebe des Schleiers.

»Was hättest du getan, wenn ich dich nicht gefunden hätte?«, fragte er jetzt.

»Das weiß ich nicht genau.« Gabriele rümpfte ein wenig ihre kleine, vielleicht um ein wenig zu stumpfe Nase.

»Dass du den Mut hattest, aus dem Geschäft wegzulaufen, wundert mich eigentlich, du kleine Person«, neckte Roman Henry und kniff sie in den Arm.

»Ich wollte auch mal etwas erleben«, sagte sie jetzt prompt und fast trotzig.

»Nun ja«, meinte er und lachte.

»Im Geschäft war man wie im Gefängnis; und wenn ich abends nach Hause ging und die vielen Lichter in den großen Restaurants sah und die Damen, die oft ganz schlechte Weiber sind, mit den Herren dort saßen und, wie unsere Hühner zu Hause, die Köpfe reckten, dann war ich so traurig, dass ich weinte vor Zorn.«

Roman Henry schaute sie prüfend von der Seite an und sagte: »Du bist köstlich.«

»Und dazu war ich die einzige ...«, setzte sie ganz unvermittelt hinzu.

»Die einzige?«

»Ja, die keinen Liebsten hatte, und alle neckten mich und sagten, dass ich nie einen bekäme, weil ich zu klein sei.«

»Und da wehrtest du dich?«

Ja, ich sagte, dass ich, wenn ich will, sogar zwei bekomme und dann nicht einmal mehr ins Geschäft zu gehen brauche.«

»Und jetzt hast du doch nur einen.« Roman Henry war jetzt ausgelassen geworden und wollte sie auf den Mund küssen.

»Ja, aber ich habe dich lieb«, sagte Gabriele und schmiegte sich an ihn.

Sie hatte dabei etwas wunderschön Tierhaftes in ihren Gebärden. Sie konnte sich rekeln und winden wie ein Kind, das mit Kaninchen und jungen Hunden aufgewachsen ist und von ihnen die ganz natürlichen Bewegungen des sich Verkriechens und sich Kauerns gelernt hat.

Sie waren bis zum Carrefour de l'Observatoire gekommen.

Da stand ein schwarzer Ring von Menschen. Aus der Mitte stieg rotes flackerndes Licht von Lampions empor.

Roman Henry blieb stehen. Darauf hörten sie die gezupften Töne eines Saitenspielers, und dazu sang eine dünne Frauenstimme.

Sie traten näher. Ein Mann saß da mit einer Harfe, und ein schwarz gekleidetes Mädchen verkaufte Notenblätter und sang.

Jetzt begann sie:

J'aime la blonde à la folie,
Le blond seul fait battre mon coeur,
C'est la nuance de ma mie,
Les cheveux d'or sont mon bonheur ...

Und alle rings im Kreis starrten auf das Notenblatt und wiegten die Köpfe und summten leise die Melodie.

Gabriele war gerührt. Sie wollte auch singen. Aber sie brachte nur kleine glucksende Töne heraus.

Vor ihr stand eine Köchin mit einem großen Korb, drehte sich um und maß sie mit einem empörten Blick.

Da sagte Gabriele zu Roman Henry: »Wenn ich jeden Abend hier stünde, wie diese Dicke da, würde ich vielleicht die Melodie auch kennen ...«

Die Köchin gab sich einen Ruck, und Gabriele fügte so laut hinzu, dass es alle hören konnten: »Jetzt ärgert sie sich. Das freut mich.«

Roman Henry sagte nur leise: »Ssst!«, und sah nach der Mitte. Die Gesichter jenseits des Ringes schwammen bis zur Höhe der Augen in gelbem, flackernden Licht. Aber eben die Augen waren noch im Dunkeln. Und die Lippen bewegten sich nicht, trotzdem sie sangen.

Bei der Clôserie des Lilas stand ein Kellner vor den Tischen. Seine weiße Schürze strahlte im Schein der elektrischen Lampen des Cafés.

Roman Henry verglich instinktiv die beiden

Lichtzonen. Sie standen wie zwei verschiedene und merkwürdige Spiegel nebeneinander.

Gabriele sagte plötzlich: »Ich habe Hunger.« Sie stiegen in einen Fiaker und fuhren den Boulevard St. Michel hinunter.

Die Hufe des Pferdes klapperten grell auf dem Pflaster und waren nur sekundiert von einem leisen Sausen der Gummiräder des Wagens.

Roman Henry hatte Gabrieles linke Hand genommen und spielte mit ihren Fingern, als wären sie ganz für sich ein Anlass zu einem Spaß, der ihn in seiner Gedankenlosigkeit recht erquickte.

Es war Nachmittag. Roman Henry saß beim Fenster und starrte auf die Straße.

Er sah ganz mechanisch nach den Aufschlägen, die an der gegenüberliegenden Wand klebten. Da stand groß: »Faculté de Droit«. Die schwarzen Lettern hingen wie pompöse plumpe Balken auf dem Papier.

Roman Henry ärgerte sich darüber.

Er hatte sein schmales, fast spitzes Kinn auf die rechte Hand gestützt und dachte, dass er gestern um diese Zeit zwar nicht Kopfschmerzen, aber doch einen lästigen Druck in den Schläfen gehabt hatte. Der Gedanke war kaum in seinem Bewusstsein aufgetaucht, als sich auch dieselbe Empfindung wieder einstellte. Wie auf Kommando.

Die Straße herauf kam jetzt ein Lastwagen. Ein quietschendes, schreiendes Geräusch sprühte durch die Luft, wie wenn ein Rad die Achse feilt.

Es war nur ein Pferd davor. Dazu war der Boden nass vom Vormittag, da man das Holzpflaster gespritzt.

Der Fuhrmann grölte: »Dah! ... Dah! ...« und schlug auf das Tier. Seine Stimme war so hohl, als ob sie aus einem Phonografentrichter käme.

Roman Henry schloss die Augen. Er hörte den pfeifenden Schlag der Peitsche und den Tanz der Hufe wie ein dumpfes unregelmäßiges Getrommel. Als er wieder hinuntersah, stand der Gaul vornüber geneigt. Der Geifer floss ihm in dicken Strähnen aus dem Maul, und die Zunge flackerte hin und her wie ein Fetzen roten Tuches.

Roman Henry ertrug das Bild nicht mehr, und seine Augen irrten auf die vielen kleinen Holzklötzchen des Pflasters.

Da gab es einen dumpfen Fall.

Das Pferd lag am Boden. Mit dem Rücken gegen das Trottoir. Der mächtige, grau gesprenkelte Rücken glänzte im Schweiß, und die breiten Schenkel der Hinterbeine hatten dunkle Flecke.

Erst erscholl ein hallender Fluch des Fuhrmannes. Dann war es still.

Zugleich meldete der Garçon den Besuch des Prinzen Nicolas.

Roman Henry nickte nur mit dem Kopf und der Prinz trat ein. Er mochte vierzig Jahre alt sein. War schlank, aber sehr klein.

Er hielt den gebügelten Zylinder und die grauen Handschuhe in der linken Hand, ging auf Roman Henry zu und begrüßte ihn mit Auszeichnung.

Dieser hatte sich erhoben und ihm den Platz am Fenster abgetreten.

»Wie geht es?«, fragte der Prinz. Er saß in dem schmalen Fauteuil zurückgelehnt, so dass sich die Schöße seiner Redingote zu beiden Seiten in Wülsten aufbauschten. Seine rechte, zu längliche, Hand hatte er auf das Knie gelegt.

»Gut!«, sagte Roman Henry. Sonst nichts. Er betrachtete den Prinzen mit etwas müdem Blick, als wäre er gar keine lebende Person, der da vor ihm saß, sondern eine kuriose Puppe in einem Glasbehälter auf einem Museumstisch.

»Wie stehen Ihre diplomatischen Geschäfte ...?«, fragte jetzt Roman Henry und horchte. Durch das halboffene Fenster hörte er den Fuhrmann schreien.

Er hatte offenbar dem Tier das Geschirr abgenommen und versuchte, es zum Stehen zu bringen.

Des Prinzen Miene wurde heller.

»Ich werde meine Stellung in Persien wahrscheinlich auf Neujahr antreten.«

»Dann werden wir Sie also verlieren«, sagte Roman Henry.

»Leider«, meinte der Prinz mit gewissen überlegenen Bewegungen und sah ihn dabei an, als schätzte er ihn nicht mehr auf viele Tage des Lebens.

Roman Henry war auch wirklich sehr abgespannt. Seine Augen hatten nur noch einen leisen, unwirklichen Schimmer, und seine Haut erschien von pergamentartig gelber Farbe; dazu von vielen kleinen Fältchen durchzogen und wie zerknittert.

»Ich habe nur noch den offiziellen Besuch beim Großfürsten Mikael in Neuilly zu machen.«

Der Prinz hatte gesprochen; aber Roman Henry lauschte, wie die Hufe des Pferdes das Trottoir hämmerten.

Dann war es unten wieder still. Der Gaul musste also stehen. Nur die Schellen des Kopfzeuges klirrten, während der Fuhrmann wieder anschirrte.

»Der Großfürst ist jetzt in Paris?«

»Ja«, sagte der Prinz, »er ist mit seiner Tante Christine vorgestern von Biarritz zurückgekommen.

»Ach ja, ich las es im New York Herald.«

Roman Henry hatte dies etwas spöttisch hinzugesetzt, und der Prinz seufzte wie ob eines schweren Mangels an Takt.

»Nun werden Sie also den Besuch machen.«

»Immerhin vermag ich mich nur schwer dazu zu entschließen.« Der Prinz trug plötzlich einen leise bekümmerten Zug um seinen kleinen Mund.

»Na ja«, meinte Roman Henry sanft und zugleich müde.

»Sie wissen ja ... Großfürst Mikael hat sich meiner Familie gegenüber nicht sehr vornehm benommen, – als mein Vetter an ihn im Jockeyklub die zweihunderttausend Franken verspielt hatte ...«

Roman Henry zog nur die Augenbrauen in die Höhe, als wisse er vollständig Bescheid.

»Und dann denken Sie«, fuhr der Prinz fort, etwas leiser und bekümmerter, »ich habe neuerdings wieder diese Angst vor der Distanz ... Verstehen Sie?«

»Von hier nach Persien?«

»Nein, von hier nach Neuilly ... und überhaupt ...« Prinz Nicolas sann trübselig vor sich hin.

»Das ist allerdings ein triftiger Grund«, sagte Roman Henry und war eine Sekunde unsicher geworden.

»Sie gehören ja auch zu den wenigen Menschen, mit denen ich über diese seltsame Sache sprechen kann. Ich komme immer mehr dazu, den Begriff der Distanz als etwas zu betrachten, was mich noch töten, im besten Fall ruinieren wird.«

Des Prinzen Blick war starr und doch ganz nach innen gerichtet. Die Hände hatte er übereinandergelegt, wie einer, der einem unbegreiflichen Schicksal entgegen sinnt.

Im Nebengemach hörte Roman Henry Gabriele auf- und abgehen und eine Schranktür öffnen und schließen.

»Ist das mit der Distanz für Sie schon ein feststehendes oder nur zuweilen eintretendes Gefühl?«, hub er jetzt an. Seine Worte waren aber so tastend, als ob er sich selbst hier auf einem gefährlichen und unheimlichen Feld bewegte.

»Der Fall ist so, dass ich es selbst nicht mehr wagen kann, mir darüber exakte Rechenschaft zu geben, da diese Reflexionen immer ein Grund sind, dass sich meine Phantasie auf eine ganz ausschweifende Weise ergeht. Und diese ermüdende, aushöhlende Betätigung des Gehirns ist es besonders, was ich vermeiden muss.«

Der Prinz war über seine Rede etwas heftig geworden und holte jetzt tief Atem.

»Sie empfinden also das Denken über Ihren Zustand als etwas Selbstmörderisches?«, sagte Roman Henry und beobachtete den andern aus den Augenwinkeln.

»Das ist es; und sobald ich diese letzte Hemmung verliere, bin ich in der Einkreisung völlig verfallen?«

»Der Einkreisung?«

»Ja ... Ich benenne den Zustand auch nur für mich mit diesem Ausdruck, weil ich weiß, dass ich damit gleichsam den Uranfang und wiederum das Prinzip meines Leidens kennzeichne.«

Prinz Nicolas saß jetzt sehr zusammengekauert. Die Handschuhe waren ihm entglitten und auf den Teppich gefallen, nur den Hut, der in der Dämmerung des Zimmers matt reflektierte, hielt er wie eine Masse mit beiden Händen vor sich hin.

»Die allergrößte Schuld«, fuhr er fort, »trägt meine Gouvernante, die mich bis zum zehnten Jahr erzogen hat. Sie war mit achtzehn Jahren von Paris zu uns nach Petersburg gekommen – ich zählte damals fünf Jahre – und wurde gleich in der ersten Zeit, wie sich viel später aus alten Briefen herausstellte, die Geliebte meines Vaters. Sei es nun, dass sie in den Nachmittagsstunden für ein Rendezvous frei sein musste, sei es, dass sie an sich den Hang in sich trug, nach Möglichkeit allein zu sein; sie erfand ein Mittel, das mich ohne irgendeine Anwendung äußerer Gewalt vollständig still und sozusagen tot machte. Und zwar ganz nach ihrem Belieben.«

Roman Henry horchte angespannt. Eine stille Angst lag auf seinem Gesicht.

Prinz Nicolas sah seine wachsende Beklemmung und sagte, als ob ihn der Eindruck seiner Erzählung erquickte: »Und dieses Mittel war gerade in seiner blutigen Einfachheit schrecklich.«

Roman Henry neigte sich zur Seite, als höre er nach irgendeinem Geräusch, an das er sich klammern könnte, aber das Zimmer war merkwürdig still, und die Fenster der Sorbonne waren tiefdunkel, als sähen sie aus einem riesigen schwarzen Raum.

Der Prinz, der wie ein kleiner Kobold im Stuhl saß, hub wieder an: »Sie fand nämlich unter meinen Spielsachen einen Soldaten. Er war kaum höher als die Länge einer Hand. Seine Brust und sein Leib bestanden aber aus einer einzigen Kugel, und der Kopf ebenfalls. Die Augen waren aus grünem Glas eingesetzt und die Beine wie zwei Säulen.

»Vielleicht hatte ich vor der Figur diese Angst, weil die Beine denen meines Großvaters Venceslas glichen, der nach uns Enkelkindern die Krücke warf und die Wassersucht hatte.«

»Wie ging das weiter mit dem Soldaten?«, fragte Roman Henry, als Prinz Nicolas nicht mehr weitersprach, sondern düster vor sich hinbrütete.

»Sie setzte ihn einfach vor die Türe auf den Boden und mich davor. Erst saß sie auch bei mir und raunte mir leise eine mörderische Geschichte ins Ohr.

Und dann geschah das Furchtbare.

»Als ich eines Tages eine Stunde so gesessen, konnte ich den Blick nicht mehr wegwenden. Nicht mehr aufstehen.

»Ich war angebunden durch die Kraft, die in den grünen, gläsernen Augen lag.«

»Sie waren hypnotisiert«, warf Roman Henry ein, als ob er sich damit erleichterte.

Der Prinz schüttelte den Kopf: »Was sagen Sie mit diesem Wort aus? Ist das eine Erklärung? ... Es war die ganz einfache entsetzliche Angst, die in meinem Gehirn brannte.

»Der Soldat machte auch während der Zeit, da ich nach ihm starrte, eine sonderbare Reise.

»Erst dehnte er sich aus nach allen Seiten. Dann hob er sich auf und ab, und die zwei Augen gingen zu einem einzigen zusammen und glühten wie ein höllischer, wahnsinniger Punkt.

»Dann sah ich ihn plötzlich nicht mehr und wusste aber, dass er genau in derselben Entfernung in meinem Rücken saß.«

»Haben Sie sich einmal umgedreht?«

Der Prinz lächelte trüb: »Wie konnte ich! Was vermag ein Wille gegenüber einem solchen Dämon.«

Roman Henry war jetzt aufgestanden und lehnte mit dem Rücken am Kamin.

»Und so saßen Sie jeden Tag?«

»Ich habe vom fünften bis zum achten Jahre etwa, in meinem einsamen Kinderzimmer – ganz nach der Willkür der Gouvernante – vor dem Soldaten gesessen ...«

»Stundenlang?«

»Oft halbe Tage.«

»Und ward das nie verraten?«

»Wie konnte es? Meine Mutter war damals mit dem Fürsten Askeli nach Nizza durchgebrannt, und mein Vater – er war ein schöner und herzensguter Mann – konnte doch nicht gleichzeitig bei mir und bei der Gouvernante sein.«

»Gewiss nicht ... Und jetzt?«, fragte Roman Henry weiter.

»Jetzt wiederholt sich, genau dreißig Jahre später, derselbe Vorgang gleichsam entmaterialisiert. Verstehen Sie das?«

»Der Soldat ist nicht mehr da, aber die Kraft?«

»Das ist es ... ich bin dazu bestimmt, die Bewegungsfähigkeit zu verlieren. Ich bin in einer Art umzingelt, wie es noch niemand war. Die Distanz tötet mich. Begreifen Sie jetzt, dass ich schon zwei Jahre vergeblich darüber nachsinne, von hier nach Neuilly zu kommen, den Besuch beim Großfürsten zu machen?«

»Vollkommen.« Roman Henry sah auf den kleinen Prinzen, der die Krempen seines Hutes krampfhaft umklammert hielt. Er war plötzlich so verwirrt, als hätte er selbst den Zusammenhang mit aller Realität verloren.

»Daran gehe ich selbst, geht meine persische Mission, geht alles zugrunde.« Prinz Nicolas stand schon in der Türe.

Sie sahen sich in die Augen.

Roman Henry erschien er auf einmal nicht als ein Mann, sondern als ein schmächtiger, greiser Knabe.

Und doch fühlte er sich in einem ganz unheimlichen Bezirk mit ihm verwandt.

Der Prinz war gegangen.

Roman Henry öffnete die Türe zu Gabrieles Schlafzimmer.

Sie lag auf ihrem großen breiten Bett und spielte wie eine kleine Katze mit ihren Füßen. Roman Henry hatte ihr unlängst gesagt, dass die geschweifte Form ihrer Fußsohle zum Schönsten gehöre, was er je in dieser Art gesehen.

Nun hatte sie das linke Bein erhoben und besah es gegen die mattrote gestreifte Tapete. Der Gegensatz in der Farbe schien nicht stark genug. Gabriele war unbefriedigt.

»Dieses Zimmer sollte eine andere Tapete haben«, sagte sie, noch immer in ihre Betrachtung versunken.

»Du kannst ja einen Teppich hinhängen«, meinte Roman Henry.

»Das ist doch nicht dasselbe ... Der verrückte Prinz ist dagewesen?«, fragte sie jetzt.

»Ja.«

»Was wollte er?«

»Mich einfach besuchen«, antwortete Roman Henry ausweichend. Es war ihm, als ob er bei dieser einfachen und in jedem Fall wahren Antwort ein schlechtes Gewissen hätte.

»Das tut dir nicht gut.«

»Warum nicht?«

»Weil du deine eigene Spinne im Kopf hast«, sagte sie und kicherte.

Roman Henry war erstaunt. Gabriele hatte da sein geheimes Leiden, das ihn so erfüllte, dass es ihm fast eine

Beschäftigung war, in ein komisches Licht gestellt. Und zwar mit einer selbstverständlichen Natürlichkeit.

Zuerst empfand er dies als gefühllos. Er hatte ihr diese Möglichkeit nicht zugetraut. Vielleicht täuschte er sich doch in ihr. Dann sagte er sich wieder, dass es unsinnig wäre, von einem Menschen überhaupt so viel verlangen zu wollen. Er hatte sich mit seinen Gedanken in Gabriele eingenistet wie in einer schützenden Behausung, die ihm in allem Schweren oder Besonderen seines Schicksals etwas Feststehendes wäre, wenigstens für die Beunruhigung seines Herzens.

Nun fing er ihn plötzlich zu misstrauen an. Gabriele sah den Zug in seinem Gesicht, hob sich, küsste ihn sanft auf beide Augen und flüsterte mit zärtlicher Rührung: »Liebling!«

Es tut ihr wirklich leid, dachte sich Roman Henry. Das beruhigte ihn ein wenig.

Als sie aber nachher zusammen die Rue de la Sorbonne hinunterschritten und er neben sich Gabrieles vergnügte Papageistimme hörte, die ihm mit leisen Lachen erzählte, dass sie neulich den Prinzen getroffen, wie er mehr als eine Viertelstunde mitten auf dem Trottoir stand und sich nicht vom Fleck rührte und ihr, als sie mit ihm reden wollte, nur eine Grimasse machte, überlegte er sich doch ernsthaft, ob sie nicht zu einem gewissen Maß recht hätte, in vielem, was ihn beschäftigte, und speziell was die dunklen Hintergründe seiner Phantasie anbetraf, etwas Komisches zu sehen.

Einen Moment erschien ihm diese Perspektive wie ein Ausweg.

Dann verfiel er aber wieder jener Mattigkeit, die er allen intensiveren Entschlüssen gegenüber empfand; und er wurde dabei noch gestützt durch ein ganz unerklärbares Angstgefühl, das ihn plötzlich durchströmte.

Er griff kampfbereit in die leere Luft und kam erst wieder völlig zu sich, als er Gabrieles Hand in der seinen fühlte.

In diesem Augenblick war er ihr so dankbar, dass er ihre kleine Hand nahm und in einer Aufwallung von Zuneigung und innerstem frohem Erglühen an seine Lippen presste.

Gabriele aber trug dabei einen liebevoll lauernden Glanz in den Augen, der für Roman Henry, falls er ihm bewusst geworden wäre, sicherlich einen Grund zu ganz unabgrenzbaren und vielleicht trüben Überlegungen gegeben hätte.

Gelb und schwer lag die Herbstsonne auf dem Kies des Luxembourggartens.

Roman Henry saß auf einem Korbstuhl und hörte auf die Musik, die vom Pavillon herkam. Es war die Ouvertüre zu »Wilhelm Tell.«

Eben hatte die Oboe ihr Alphornsolo.

Er sann nach, was es für ihn mit dem Alphorn für eine Bewandtnis hätte, und plötzlich fiel es ihm ein.

Er war einst in einem Berghotel von einem mörderischen Geräusch geweckt worden. Wie ein grausam gähnender Schrei hatte es durch die Gänge geklungen.

Dann waren viele klobige Tritte an seiner Zimmertür vorbeigegangen.

Als er am Morgen nachfragte, war der grässliche Laut der Ton eines Alphorns gewesen.

Man hatte zum Sonnenaufgang geweckt.

Roman Henry hielt damals dem Wirt eine beschwerende Rede und betonte die Rücksichtslosigkeit, die schließlich in diesem Getue lag. Allmählich aber freute er sich doch darüber, wie unromantisch das Horn geklungen hatte. Dies war in weiter Ferne.

Jetzt hielt er es für ausgeschlossen, nochmals diese wilde Merkwürdigkeit zu erleben. Er saß wie ein Rekonvaleszent still und geduldig auf seinem Stuhl.

Unter den Bäumen bewegten sich die Menschen in einem Gewimmel von schwarzen und bunten Flecken. Wenn er sich umdrehte, sah er über die graue Steinmauer hinweg die blauglitzernde Fläche der Fontäne.

Rote Geranien und weiße Astern blühten so nahe, dass er sie mit den Händen greifen und die Dolden durch die Finger gleiten lassen konnte.

Und jenseits des Rondells standen die Bäume in so ebenmäßiger Richtung, wie auf einen Befehl hingestellt zu langen Alleen, in denen Kinder hin und her glitten wie kleine Tierchen, die am Boden kriechen.

Und über die gelben und roten Baumkronen hinweg ragten die stumpfen, schwarzen Türme von St. Sulpice.

St. Sulpice. Es war für Roman Henry wie etwas hold Klangvolles von priesterlicher Weisheit und schwebendem Chorgesang. Und dazwischen mischte sich die Gestalt der Manon Lescaut.

Er träumte und wurde erst wach, als ein schlankes, zwölfjähriges Mädchen mit kurzen Röcken und wundersamen Gazellenbeinen an ihm vorbeischritt.

Wie schön das Kind war! Wie anbetungswürdig schlank!

Eine große Dame in Braun ging neben ihm her und obschon sie sich nicht fassten oder irgendwie ein äußeres Zeichen des Verbundenseins vorhanden war, wusste Roman Henry, wie sehr sie das Kind im Kreis ihres Gefühls und ihres Sinnens hatte, und dass sie es als einen köstlichen riesengroßen Schatz betrachtete.

Dann kam ein hässlicher, langhaariger Mensch, und die Stimmung war vorbei.

Roman Henry musste wieder an den Prinzen denken und daran, was sie beide eigentlich zusammenzog. Aber er konnte zu keiner Klarheit darüber kommen.

Nur das wusste er sicher, dass sich etwas bilden musste, was er vor Gabriele geheim zu halten hätte.

Vorher hatte er ihr alles erzählt, weil er glaubte, dass sie nichts davon verstünde. Denn es kam ihm nur auf das Reden an. Auch auf die Übersichtlichkeit, die er manchmal im Verlauf eines Gespräches über seine eigenen Zustände erhielt.

Jetzt aber war für ihn die Empfindung dieser Einheit verloren.

Er fröstelte plötzlich, trotzdem die Sonne warm auf seinen Händen und seinem Gesicht lag.

Das gab ihm wieder zu denken. Diese unvermittelt und heftig auftauchenden Erscheinungen ängstigten ihn.

Er vermochte sie nicht in eine klare Gedankenfolge zu bringen, ja überhaupt in keinen Zusammenhang.

Zugleich erinnerte er sich einer Stunde beim Arzt. Er hatte ihm gesagt, dass eben dieser Trieb, die geringsten Sensationen des Gefühls in irgendeine Beziehung zu bringen, sein Leiden vermehre. So suchte er jetzt gewaltsam loszukommen.

Er betrachtete die breiten dunklen Streifen in seiner grauen Hose und die Bügelfalte, die wie ein koketter Kamm über das Knie hinunterlief.

Dies war alles in Ordnung.

Er atmete auf und lächelte zugleich über das unscheinbare Motiv seiner seelischen Erleichterung.

Vor ihm lag ein großes, gelbes, halbdürres und schon zerfranstes Blatt. Er hob es auf, und ihm war, als hätte er bis jetzt noch gar nichts von der Farbe der Blätter gewusst.

Da war zwischen den harten weißen Rippen ein Tanz von Grün und goldigem Orange und dunklem Purpur und blassen grauen Tönen, die in einem ganz verblüffenden Raffinement daneben standen.

Aber jetzt irrten seine Reflexionen wieder zum Prinzen zurück.

Roman Henry dünkte es, als sei da für ihn eine Mitte, an die er wie gefesselt wäre. Zuweilen konnte er ja davon wegsehen, wie ein Tier, das an einen Pfahl gebunden ist, schließlich auch in die Ferne zu schnuppern vermag.

Aber eben diese Ferne schien ja dem Prinzen versagt

und die Ursache seines Lebenskampfes. Und er selbst, schloss Roman Henry weiter, war seit jenem letzten Besuch scheinbar auch, und zwar nicht wenig, durch den Prinzen bedingt.

Eine unheimliche Bangigkeit hatte ihn wieder erfasst. Die Musik im Pavillon spielte jetzt den Brautchor aus Lohengrin. Er war Roman Henry unausstehlich. Was sollte ihm die Masse dieser geblähten Töne.

Ihm war, als stünde er vor einer Mauer, an der er nicht hinauf und auch nicht vorbei konnte.

Dazu diese furchtbare Müdigkeit, ohne dass er nachts einzuschlafen vermochte. Er rechnete plötzlich die Stunden Schlafes der vergangenen Woche zusammen und kam auf siebzehn. Dies erkannte er aus den Strichen, die er auf einer Visitenkarte bei sich trug.

Dazwischen versagte ihm das Gedächtnis. Er wollte an das Zimmer des Hotels denken und war es nicht imstande. Stattdessen sah er einen kleinen Hof im Quartier Montparnasse an dem vor sechs Jahren das Atelier eines Freundes lag. An der grauen Wand stand gen Abend oft ein schmutziger Junge und sang.

Da war auch dieses Bild verschwunden, und er trug einen dumpfen, leisen Schmerz in den Schläfen.

Als das Orchester abbrach, schaute er nach dem Pavillon. Das Klatschen der Menge kam herüber, wie wenn ein Platzregen auf ein Steinpflaster fällt.

Eine Gestalt kam die Allee entlang, und er glaubte, Gabriele zu erkennen. Als sie vorbeiging, war er wieder erstaunt über die Täuschung seiner Augen. Es war eine kleine Kokotte aus dem Quartier.

Die einzige Ähnlichkeit mit Gabriele war, dass sie beide eine Samttoque trugen.

Roman Henry schämte sich vor sich selbst. Über diese peinlichen Irrungen seiner Sinne. Er saß da, wähnte zuweilen jemand gegenüber. Und dieser andere war er selbst vor etwa zehn Jahren. Und merkwürdig schien es ihm, dass jener schon ziemlich genau von seinem heutigen Zustand wusste.

»Komisch«, dachte sich Roman Henry, »dass man etwas erfüllt, dessen Gestalt man in seiner ganzen Bedenklichkeit voraus weiß.«

Er stand auf und ging nach dem Bassin. Da waren die Kleinen mit ihren Segelbooten und den hohen, gelben Bambusstöcken, mit denen sie die Flotten dirigierten.

Dann kam ein Eselwägelchen, und vier kleine blonde Mädchen mit roten Jäckchen saßen drin.

Er hätte mit einem der Kinder reden, so eine kleine warme Hand zwischen die seinen, die kühlen, fröstelnden, legen und sanft streicheln wollen.

Aber das war ja ganz unendlich unmöglich, und die roten Jäckchen schwammen auch schon ganz ferne gegen das Senatsgebäude hin.

Nun trat er nahe ans Fenster und fühlte, wie ihm der Wind vom Springbrunnen her einen Sprühregen ins Gesicht trieb.

Die Feuchtigkeit auf den Wangen tat ihm wohl, aber bald fror es ihn.

Jetzt dachte er daran, dass er in den nächsten Tagen den Prinzen doch besuchen wollte. Er musste all den

Schwierigkeiten auf den Grund kommen. Aber wenn darin eine Entscheidung liegen sollte? Vielleicht war da eine Gefahr. Und zu beschleunigen hatte er schließlich nichts.

Er wandte sich aus dem Garten. Durch das Tor gegen die Rue Goufflot. Da kroch über den Platz ein alter Camelot. Auf dem Hut trug er einen Kranz von Zeitungen. Sein Gesicht war rot gefleckt, und der graue schmutzige Bart hing daran wie angeklebt.

»La Patrie! La Patrie!«, bellte er mit dem knurrenden Ton eines großen Hundes.

Roman Henry hatte eine merkwürdige Assoziation. Er dachte sich: »Wenn König Lear Zeitungen verkauft hätte, wäre dies seine edelste Maske gewesen.«

Oder: »Ein heutiger Lear müsste nicht im Felde wüten, sondern Zeitungen verkaufen. Und seine königliche Scham hinter einem Drehorgelgesang verbergen.«

Aber dies war ja im Grund völlig gleichgültig. Er setzte sich vor der Taverne du Panthéon und wartete auf Gabriele, die hier vorbeikommen musste.

Erst versuchte er, eine kleine Novelle im »Journal« zu lesen. Es ging nicht. Das war ein schlechtes Zeichen. Sonst las er die krassen gegenständlichen Geschichten, die wie Polizeiberichte gebaut waren, nicht ohne Spaß. Anna, die Köchin, hatte sie ihm früher oft vorgelesen. Und Annas Arme waren so dick und voll blauer Flecke, weil sie die Herren kniffen, wenn sie auf die Straße ging.

Wie klar er sich doch an diese Zeit erinnerte. Vor

ihm setzte sich ein Mädchen in großem weinfarbenen Hut. Wenn er über die Zeitung hinwegsah, schnitt der Rand des Papiers den Hals fast waagrecht mit den Schultern ab. Ihre Haare setzten ziemlich weit oben an, so dass über dem Kragen ihres Jacketts noch ein schmaler, weißer Streif des Nackens blieb.

Roman Henry unterhielt sich damit, die Rückseite dieses Kopfes zu betrachten, von dem er ja weiter keine Ahnung hatte. Es war ihm eine stille Beschäftigung, ihn in allerlei Vermutungen zu verwickeln.

Gabriele ließ auf sich warten, aber es störte ihn nicht.

Der Hut vor ihm bewegte sich einen Moment, und er hatte schon Sorge, das Mädchen würde sich umdrehen. Aber sie blieb wieder still.

Wie drollig es doch war, diesen Kopf und diesen Hut ganz isoliert über dem Zeitungsblatt schwebend zu haben. Wie eine merkwürdige, unmotivierte Sache in der Luft.

Da verschwand aber auf einmal diese Vision, und Roman Henry sah klar und deutlich den rotgestrichenen Eisenstab quer im Fensterkreuz seines Zimmers. Zugleich die langen, weißen Vorhänge mit ganz unmöglichen Blumen darin. Sie waren wie vielblättriger Klee mit gezahntem Rand.

Als er davon erwachte, war ihm das Zeitungsblatt auf den Tisch gesunken, und das Mädchen war weg.

Eine Sekunde zweifelte er, ob sie überhaupt dagewesen. Aber da sah er sie quer über den Platz einem Herrn entgegengehen.

Roman Henry schaute ihr mit zugekniffenen Augen nach. Wundervoll wie sie dahinschritt. Als ob sie eine Leiter hinaufstiege.

Sie setzte nicht die Fußballen auf, um die Sohle bis zur Spitze zu biegen, sondern stapfte gleich mit dem ganzen Fuß; sie musste wohl beim Gehen ihre Knie etwas beugen. Es glich dem trotzigen Schritt eines Rennpferdes.

Nun war sie mit dem Herrn im Getümmel verschwunden. Ringsum lärmte wieder das Geschrei der Camelots. Ein Automobil kam heran geschnaubt und stand in einem Ruck hart am Trottoir.

Der Gérant zeigte sich an der Türe des Cafés. Zwei Herren und eine Dame von schlankem amerikanischem Typus stiegen aus.

Roman Henry sah sich nach Gabriele um, aber sie zeigte sich noch nicht.

Er zahlte und beschloss, nach Hause zu gehen. Als er heimkam, war Gabriele eben ausgegangen. Er setzte sich ans Fenster und sah auf die Straße. In die dunklen Fenster der Sorbonne schien jetzt Leben zu kommen. Schatten glitten hinter den vergitterten Scheiben.

Unten ging ein Mann vorbei mit einem Sack auf dem Rücken, sah an den Käufern hinauf und schrie: »Habitus! Habitus!«

Roman Henry sank der Kopf auf die Brust. Eine weiche lähmende Müdigkeit kam über ihn, wie er sie lange nicht mehr empfunden. Es war ihm wie ein Trost.

Wie er erwachte, stand unten an der grauen Wand ein Orgelmann.

Er war barhäuptig und hatte seine Mütze auf den Orgelkasten gelegt, der auf einem dreirädrigen Karren ruhte.

Er drehte die Kurbel und sah vor sich hin auf den Boden. Und kein Sous-Stück entging ihm, das auf die Straße klirrte.

Und jedes mal sagte er, ohne aufzusehen, mitten in seine larmoyante Musik: »Merci, Madame ...«

Es war die Gnadenarie aus »Robert der Teufel«.

Roman Henry dachte daran, dass die Pariser Orgeln seit vielen Jahren alle dasselbe spielen. Dieselbe Gnadenarie hatte er damals in der Avenue du Maine gehört. Mit denselben merkwürdigen Unterbrechungen und Intervallen.

Es schien, als ob sehr viel Regen schon in das Instrument geflossen, als ob es zwischendurch seufzte und hustete.

Damals war er selbst noch ganz gesund. Und es war Frühling. Und die Blätter hingen grün und schwer an den Kastanienbäumen. In den Nächten tanzten die jungen Mädchen auf der Straße und sangen Liebeslieder.

Roman Henry sann zurück und war ganz erschüttert. Er hatte es nicht gewusst, dass er damals im Frühling stand.

Wie er sich umsah, saß Gabriele auf dem Bett und ließ ihre Beine hin und her baumeln.

»Du hast geschlafen?«, fragte sie.

»Ja, bist du lange hier?«

»Schon eine Stunde.«

Es war etwas dunkel geworden. Gabrieles Gestalt hob

sich schmal und zierlich von der Wand. Und die Kissen und Bettlaken waren in der Dämmerung ganz grau.

Die Straße aber erschien weiß, wie in einem Nebel.

Gabriele trat näher an Roman Henry heran.

Sie hatte noch den Hut auf und die Handschuhe an.

»Liebster ...«, sagte sie nur leise und fuhr ihm mit ihren kleinen Händen über das Gesicht.

Sie sah zum Fenster hinaus, und er folgte ihrem Blick. Niemand war unten.

»Warum siehst du da hinaus?«, fragte er unvermittelt.

»Darf ich das nicht?« Gabriele lächelte etwas verschmitzt.

»Ich wollte dich fragen, woran Du denkst«, sagte er jetzt und lehnte sich zurück.

»Ich finde, dass dieses Fenster merkwürdig ist, so ganz bis zum Boden, hoch wie eine Wand.«

»Findest du?« Roman Henry sann eine Sekunde nach. Es mochte wohl so sein. Aber was ging ihn das an.

Gabriele sprach jetzt von der Schneiderin. Sie hatte ein Kleid probiert, und er sollte nun auch einmal hinkommen, um es sich anzusehen.

»Ja, gewiss ...«, sagte Roman Henry, und Gabriele wusste, dass er nie hingehen würde, denn er konnte ja die vielen Treppen nicht steigen, selbst wenn er noch den guten Willen gehabt hätte.

Gabriele entdeckte auf dem Tisch einen Brief und hielt ihn im Halbdunkel gegen die Fensterscheibe.

Roman Henry war erschrocken, tat aber, als ob ihn das Schreiben gar nicht interessiere. Konnte es vom Prinzen sein? War etwas mit ihm geschehen?

Gabriele drehte das elektrische Licht auf.

Der Brief war vom Arzt. Er enthielt ein Rezept.

Roman Henry atmete ruhiger.

Er hielt das Papier in der Hand: »Seit zwei Jahren hat sich die Konzentration der Lösung genau verdoppelt«, sagte er.

Gabriele stand vor dem Spiegel beim Kamin. Sie steckte ihre Haare zurecht. Dann fragte sie mit einer vor Verlegenheit fast zwitschernden Stimme: »Ist es möglich, dass dies in zwei Jahren noch einmal geschieht?«

»Nein«, antwortete Roman Henry, sprach aber nicht weiter darüber.

Gabriele hatte sich gesetzt und schien in eine Betrachtung versunken. Sie hatte die Lider halb geschlossen, als sähe sie nicht auf den Boden, sondern auf ihre Oberlippe. Ihre Nasenflügel vibrierten leise.

»Du denkst daran, wie dies zu Ende gehen soll?« Roman Henry war etwas vorübergeneigt und beobachtete sie scharf, als freute es ihn, ihre Verlegenheit zu vertiefen.

»Ja, daran denke ich«, sagte Gabriele einfach, und Roman Henry fühlte, wie ihr das Weinen in den Mund kroch.

»Du bist eine treue Seele ...« Seine Stimme klang sanft und streichelnd. Gabriele aber ließ sich ganz gehen und schluchzte jetzt laut und anhaltend.

Roman Henry ließ sie sich ausweinen und blieb still, um sie nicht zu stören. In seinem Innersten, aber war ihm eine Weile unendlich wohl.

Er empfand dies alles wie eine Stütze für sich.

Gabriele war aufgestanden und vor den Spiegel getreten. Nun lachte sie. Sie hatte sich den ganzen Puder weggeweint. Sie ging zum Waschtisch, wusch sich die geröteten Augen aus und begann dann, auf die Lippen und in die Augenwinkel ein klein wenig Rot aufzulegen. Dann puderte sie sich.

Als sie sich wieder nach Roman Henry umsah, lächelte er mild und schaute in ihr rundes, kokettes Kindergesicht.

Sie gingen jetzt jeden Abend auf eine Stunde in den Cinéma. Roman Henry musste das haben für seine Augen. Das Flirren der Bilder brachte in ihnen im Verlauf einer kurzen Zeit eine derartige Überanstrengung und Müdigkeit hervor, dass er darauf schlafen konnte.

Dies hatte er als Rettungsmittel gefunden, und er bangte schon jetzt vor dem Moment, da die Nerven so sehr daran gewöhnt wären, dass die Wirkung ausbliebe.

Die Vorstellung hatte noch nicht begonnen. Gabriele saß ruhig und träg neben Roman Henry.

»Wie ist dir?«, fragte er.

»Ich habe zu viel gegessen«, sagte sie und sah mit einem weichen, verschleierten Blick zu ihm auf.

Roman Henry lachte laut.

Auf den Sitzen nebenan saßen Soldaten und Frauen, die keine Hüte trugen, sondern nur ein Tuch um den Kopf geschlagen hatten, das jetzt auf ihrem Schoß lag.

Ein Hündchen lief plötzlich in den Saal, und hinterher ein Kind. Die Frauen waren vergnügt und sagten: »Wie nett das Kind ist ...« Und eine nebenan erzählte ihrer Nachbarin von ihrem Sohn, der in Algier Kaufmann war.

»Er hat eine sehr schöne Stellung«, sagte sie und war so stolz.

Das Kind hatte jetzt das Hündchen um den Hals gefasst und war umgefallen. Alle hoben sich von den Stühlen und schauten. Da lief aber ein junges Mädchen herzu in einem dunklen Rock und roter Bluse. Dies war die Mutter der Kleinen.

»Wie jung sie noch ist ...«, sagte Gabriele und hatte ganz andächtige Augen.

Vorn begann jetzt der Klavierspieler einen Marsch zu hämmern. Er spielte ganz unmotiviert laut. Inzwischen fingen die Leute wieder zu reden an.

Die ersten Bilder interessierten Gabriele wenig. Sie wartete mit Ungeduld auf die Geschichte mit dem Polizeihund.

Roman Henry sah starr auf die belebte, schimmernde Fläche und empfand nur die Bewegung der Lichter und Schatten, ohne an einen Inhalt zu denken. Zuweilen schloss er die Augen und fühlte dann nur die Gegenwart Gabrieles, die etwas eingeknickt neben ihm saß.

Es war wieder hell und schon ein halbes Dutzend von Bildern vorbeigegangen, als Gabriele seine Hand fasste. »Jetzt muss es kommen«, sagte sie.

Aber es war erst das übernächste Bild.

40

Da verkauften zwei Apachen einem Polizeikommissar einen Hund, der auf Polizisten dressiert war. Und wie die beiden mit meckernden Gesichtern zur Türe hinaus verschwanden und der erste Polizist auftrat, fuhr er ihm in die Beine und jedem, der nach ihm kam.

Gabriele zitterte vor Glück und kniff Roman Henry vor Freude, dass er ihre Hand am Knöchel fasste und sie wie ein Stück Holz vor sich hinhielt.

Die Polizisten stürzten und purzelten über die Straße, rannten Stiegen hinauf, über Dächer weg, versanken plötzlich in eine Kloake. Oben aber schnupperte der Hund. Roman Henry berührte am merkwürdigsten, wie sie alle von einem Dach herunter aufs Pflaster sausten, wie Gummimänner sofort auf den Beinen und wieder fort waren.

Dies blieb ihm im Auge. Der Fall. Der weiße Streif die Wand hinunter.

Auf dem Programm las er: »Moustache – denn dies ist des Hundes Name – hat nun wieder einmal bewiesen, dass ein Hund wohl der wahre Freund des Menschen, nie aber der Polizisten ist.«

Gabriele war begeistert und fand dies ganz richtig und durchaus ihrem Empfinden entsprechend.

Aber Roman Henry war schon müde und wollte gehen.

Die Uhr an der Eglise de la Sorbonne hatte zwei Uhr geschlagen. Gabriele lag wach und glaubte, Geräusche in Romans Henrys Schlafzimmer zu hören.

Er ging wohl zwischen dem Tisch und dem Fenster hin und her, wie er es oft tat.

Von der Straße her drang langanhaltendes Schreien und Gesang. Dann das Schnauben der Eisenbahn, die jetzt den Boulevard St. Michel hinunter zu den Hallen fuhr.

Gabriele rekelte sich wohlig in den warmen Decken. Jetzt war es draußen grau und kühl. Die Cafés wurden dunkel, und die Gasflammen hingen trüb in der dunstigen, schweren Luft.

Nur unten bei der Boulangerie standen noch Menschen mit müden Augen und schlaffen Gesichtern und kauten vor der Türe Sandwiches.

Dazu schäkerten Mädchen, die die ganze Nacht noch keinen Herrn gefunden. Ihre Stimmen aber waren grell und gezwungen, wie jemandes, der mit halb erstarrtem Gesicht noch Komödie spielt.

Gabriele sann über diese Merkwürdigkeiten, als Roman Henry nebenan das Fenster öffnete.

Dann war es eine Weile regungslos still.

Gabriele hatte sich im Bett aufgerichtet. Nun hörte sie, wie er oben am Laden den Haken zog.

Sie hatte einen seltsamen Eindruck. Als ob der Laden gar nicht von innen, sondern von außen geöffnet worden wäre.

Aber das war ja nicht möglich, denn sie befanden sich in der dritten Etage.

Gabriele fürchtete sich plötzlich und wusste nicht, wovor. Eine ganz grässliche Geschichte fiel ihr ein, die ihr die Mutter einst erzählt, da in Paris – es war für ihre Mutter eine unerhört gefahrvolle Stadt – ein Mensch in einem rätselhaften Bett im Schlaf von der niedersinkenden Decke erstickt worden war.

Man konnte sich dies gar nicht vorstellen, und wenn ihr auch der Gedanke, starr dazuliegen und zu sehen, wie der Plafond, gleich einer Presse, immer näher kam, als ein widerwärtiger, wüster, Traum erschien, floss ihr doch jetzt ein peinliches Gruseln bis in die Fußspitzen.

Erst dachte sie daran, zum Waschtisch zu laufen und das Gesicht ins kalte Wasser zu stecken. Dies half ihr sonst gegen die Gespenster. Aber würde das Roman Henry nicht auffallen? Er wüsste dann, dass sie sich gefürchtet. Und dies wollte sie nicht.

Doch es litt sie nicht mehr im Bett. Sie stand auf und schob sich leise gegen die Türe, die auf einmal offen stand.

Gabriele wusste auch später nicht, ob sie sie in Wirklichkeit selbst geöffnet, oder ob sie nur angelehnt und von einem Windzug aufgegangen war. Der Vorgang entzog sich ganz der Kontrolle ihres Bewusstseins.

Sie war aber so erschrocken, dass sie keinen Laut von sich gab, oder vielleicht nur leise und plötzlich wimmerte.

Vor ihr stand das Fenster weit offen, und Roman Henry hing über den Eisenstab weg in die Nacht hinaus. Regungslos.

Eine martervolle Beklemmung stieg ihr langsam vom Magen zum Hals hinauf.

Angewurzelt blieb sie stehen und starrte nach dem leblosen Körper, der wie ein Tuch über der Stange lag. Der gelbe Pyjama hing ihm weit und schlotterig um die

Glieder und ließ sie in grotesken, unwirklichen Formen erscheinen. Vom Kopf und den Armen sah sie nichts.

In den nächsten paar Sekunden hatte sie sich damit abgefunden, dass er tot sei. Ihr Gehirn konstatierte dies einfach und klar, ohne dass sie irgendeine Empfindung damit verbinden konnte. Sie fühlte noch keinen Schmerz, sondern nur einen furchtbaren Druck auf der Brust und den Eingeweiden.

Erst konnte sie noch an ihm vorbei auf die Straße sehen. Das Pflaster war nass und glänzend. Dann weinte sie leise. Wie ein Kind hockte sie am Boden.

Da richtete sich Roman Henry auf und sah sich um. Er sah nur die offene Türe und schloss behutsam das Fenster, wie einer, der daran ist, auf einer unlauteren Sache ertappt zu werden.

Leise versuchte er, auch die Türe zu schließen, als sein Fuß an Gabriele stieß, die mit entsetzten Augen und lautlosen Lippen zu ihm emporstarrte.

Er hob sie auf und sie hing ganz leblos in seinen Armen. So trug er sie hinein und setzte sie auf ihr Bett.

Als er das Licht aufgedreht hatte, blickte sie noch mit derselben Ängstlichkeit um sich und war völlig verstört. Ein Zucken ging durch ihre Glieder, als ob es sie fröstelte.

Da nahm Roman Henry ihre kleinen Füße in seine Hände und suchte sie zu wärmen, sprach gütig und voll Liebe zu ihr wie zu einem verwirrten Kind, und Gabriele lehnte sich an seine Schulter und wusste kein Wort zu sagen. Erst allmählich quoll ein frohes, befreites Atmen in ihr auf, wenn sie auch noch gar nicht imstande war, über das Geschehene nachzudenken.

Roman Henry aber sprach gar nichts vom Fenster.

Er fragte auch nicht, aus welchem direkten Grund sie eigentlich weinte, sondern kam sich wie ein Büßer vor, der ein absonderliches Gelüst mit einer Katastrophe gesühnt und noch zu sühnen hätte.

Vielleicht war es auch gerade das Empfinden, dass er sie mit der einfachsten, aufrichtigsten Erklärung des sonderbaren Ereignisses aus irgendeinem schwierigen Zusammenhang nicht trösten konnte, was Gabriele so lange nicht zu sich selbst kommen ließ.

»Ich möchte schlafen«, sagte sie zuletzt; und dies war das einzige Wort, das sie während des ganzes Vorganges gesprochen.

Roman Henry hüllte sie ein, küsste sie auf ihre müden, nassen Augen und löschte aus.

Dann ging er vorsichtigen Schrittes. Wie aus einem Krankenzimmer.

Aber er hatte in dieser Nacht doch einen Schlüssel zu mancherlei gefunden, und dieser Ausblick verscheuchte nicht nur etliche seiner trüben Träume, sondern ließ auch in seinem körperlichen Befinden eine offenkundige Besserung eintreten.

Zwei Tage darauf saß er nachmittags vor dem Kamin. Es war draußen kühl und regnete einförmig und mit der Aussicht auf eine große Dauer. Vor ihm prasselte das Kohlenfeuer und warf zuweilen kleine feurige Stücke ins Zimmer, die dann runde braune Löcher in den Teppich fraßen.

Gabriele schlief nebenan.

Roman Henry hielt ein Reagenzglas mit Wasser in der Hand, nahm dann eine Messerspitze Morphium und eine solche Kokain und hielt das Glas über das Feuer.

Anfänglich war unten noch ein heller Niederschlag. Aber schnell lösten sich die Kristalle.

Zwischendurch fiel ihm ein, dass Morphium bei sehr hohen Temperaturen die Wirkungsfähigkeit verliert.

Sorgsam schüttete er dann die Lösung in einen Kristallflakon.

Durch das halboffene Fenster hörte er Kinder von der Straße schreien. Langgezogene Töne eines Nebelhorns kamen von der Seine her.

Es war ihm ganz froh zumut.

Wie lauschend stellte er sich ans Fenster. Wenn er jetzt hinuntersah, lag für ihn darin etwas aufreizend Fesselndes.

In jener Nacht hatte er dies entdeckt. Plötzlich war es ihm zum Bewusstsein gekommen, dass da etwas bestand, was für ihn vielleicht eine Entscheidung bedeutete.

Mit fast ehrfurchtvoller Scheu gingen seine Gedanken um dieses für ihn noch ungeklärte Feld herum. Vielleicht lag da etwas derart Starkes, Überwältigendes, dass es einen Gegensatz darstellte zu allen anderen krankhaften Sensationen, die er nicht mehr entbehren konnte. Wenn das möglich wäre, war er gerettet.

Der Gedanke stieg ihm wie ein jubelnder Rausch ins Gehirn, und das Blut pochte so stark in den Schläfen, dass ihm schwindelte.

Er musste sich setzen.

Es überfiel ihn wieder eine furchtbare Depression. Wenn für diese Möglichkeit, sagte er sich, irgendeine logische Begründung aufzubringen wäre, hätte sie für ihn keinesfalls diesen überwältigenden Charakter. Dann war es etwas Normales, etwas, was ihm der Arzt auch schon längst in Aussicht gestellt hatte. Im Unwahrscheinlichen, Unmöglichen lag für ihn die Täuschung.

Roman Henrys Gesicht war im Ausdruck des Mundes und der Flächen um die Augen wieder sehr kläglich. Er hatte den Ausblick verloren.

Er wusste in seinem jetzigen Zustand noch, wie sehr er seinen Schlüssen zu misstrauen hatte.

Trübselig starrte er hinunter. Da kam es wieder über ihn. Diesmal stärker. Er wollte sich jetzt auch gehen lassen. Der Sensation entgegenkommen.

Langsam stieg es von unten zu ihm auf wie Kreise. Es lag darin gar nichts Sonderbares mehr. Aber eine Sekunde lang, vielleicht nur während der Dauer eines Atemzuges, war ihm, als ob die Tiefe schwand. Die Kreise waren genau auf der Höhe der Fensterbank.

Er wusste sich nicht zu fassen. War das eine Entdeckung? O, er war ja weder ehrgeizig, noch prätentiös. Es lag ihm nicht daran, daraus einen wissenschaftlichen oder ökonomischen Nutzen zu ziehen. Aber wenn es möglich wäre, unter gewissen, natürlichen, seltenen Umständen das ganze Schema der Anschauung von drei auf zwei Dimensionen zu reduzieren, - was wäre das für ein Gewinn!

Zu seltsam! Einen Augenblick vermochte er nicht mehr weiter zu denken.

Er hörte nur die Halsader klopfen.

Das Problem war so groß, dass es ihn ängstigte. Mit beiden Händen hielt er die Lehne des Stuhles und blickte mit listigen Augen umher und blinzelte hämisch, als ob ihm jemand gegenüber säße, der diese Tatsachen zu bestreiten suchte.

Allmählich wurde ihm das Bild wieder klarer. Die Kalkulation stimmte doch nicht ganz. Es fehlte ja eigentlich nur die Tiefe. Die Höhe schien noch unweigerlich vorhanden, und die Verminderung betrug nur ein halb.

»Schade«, sagte er sich, »dass die Abrundung nicht vollzogen werden kann.«

Jetzt wurde er aber auf einmal sehr schwach und sank zurück. Er wollte noch nach dem Tisch greifen, um den Flakon in die Hand zu bekommen.

Aber schon schlief er ein.

Am folgenden Tag erwachte er mit einem quälenden fröstelnden Gefühl. Seine Hände waren kalt, und wo er sich antastete, war die Haut trocken und kühl.

Es erfasste ihn eine unendliche Sehnsucht nach Wärme. Er besprach mit Gabriele ausführlich einen Plan, nach Cannes zu fahren. Das würde ihm helfen. Da wollte er die Nachmittage in einem Rohrstuhl in der Sonne liegen und auf die dunkelblaue Fläche des Wassers sehen. Oder im Palmengarten eines Hotels unter Glasscheiben in einem weißen, glänzenden Meer von Licht sich trösten lassen.

Er gab Gabriele einen Band Maupassant: »Sur l'Eau«. Sie musste ihm daraus vorlesen. Vielleicht wollten sie dann auch nach Korsika hinüber. Korsika, wie schön würde das sein! Lange Wagenfahrten wollten sie machen durch dichte, unheimliche Wälder. Und wieder dem Meer entlang.

Aber Roman Henry hatte das Lesen bald satt.

Gabriele las auch schlecht; sie verstand oft den Sinn nicht. Das war erst komisch; nachher aber ermüdete es.

Gegen Mittag wurde der Zustand besser. Roman Henry hatte sich eine Injektion gemacht und wurde darüber wieder frisch.

Merkwürdigerweise tauchte erst jetzt der Gedanke von der Tiefe wieder auf. Roman Henry war völlig erstaunt, dass er ihn den ganzen Morgen, ja auch im Verlauf des vorigen Abends, ganz verlassen hatte.

Jetzt aber trug er wieder Kraft in sich, um dem Problem auf den Grund zu kommen.

Erst versuchte er das Experiment mit den Ringen. Er sah hinaus wie gestern; an der Wand der Sorbonne reflektierte die gelbe Herbstsonne auf das Pflaster. Das Wetter, die Temperatur waren ungünstig. Die Ringe kamen nicht.

Aber Roman Henry schöpfte Mut. Er kam sich vor wie ein Physiker vor dem Experimentiertisch. Eine stille glückliche Geschäftigkeit hatte ihn erfasst.

Hinter den dunklen Scheiben der Sorbonne gingen Gestalten mit braunen Blusen. Eine Gasflamme brannte trüb. Es musste da ein Laboratorium sein.

»Komisch«, sagte er sich, »die gehen da drüben herum mit Gläsern und Retorten, und keiner ist noch darauf gekommen, dass der Begriff der Tiefe ein Hirngespinst ist, das aus den Funktionen des Intellektes ausgeschaltet werden kann. Darunter ist vielleicht einer, der sich sogar mit der vierten Dimension beschäftigt, und ich vermindere alles auf zwei, – auf zwei und eine halbe.«

Die Rechnung schien wieder nicht klar zu sein. Er seufzte und schloss die Augen. Wie ihn dies ermattete, dieses Kalkulieren. Aber es lag doch etwas eminent Großartiges darin.

Am besten war es schließlich, eine Zeichnung zu machen, die Situationen zu fixieren. Wenn es dann bewiesen war, konnte niemand die Erfahrung als Flunkerei bezichtigen.

Roman Henry gewahrte, wie doch eine starke Ambition in ihm wuchs.

Aber das mit der Zeichnung hatte seine Schwierigkeiten. Es war nicht so leicht, die verschiedenen Pläne und Ebenen auseinander zu halten.

So versuchte er eine Demonstration mit zwei Postkarten. Die eine legte er auf den Tisch, die andere stellte er im rechten Winkel dazu.

Entsetzlich! Die dritte Dimension war dennoch da. Selbst wenn die Karte auf dem Tisch den obersten der Kreise bedeutete. Er hatte nur die Grundfläche verändert. Höhe und Tiefe war ja kein Gegensatz!

Mit offenem Mund saß er über den Tisch geneigt. Warum sollte nun alles wieder zerschlagen sein? Er war erschüttert, wie ein Junge, dem ein Dom aus Spielhölzern eingestürzt ist, der doch eigentlich stehen sollte.

Da wurde er ganz bescheiden.

Konnte das mit der Tiefe nicht für ihn ganz allein, in Beziehung zu seinem Dasein etwas besonderes sein?

Langsam hellten sich seine Blicke auf.

Dies war der Punkt, auf den es ankam. Er wollte die Erfahrung still für sich ausbilden, wie man etwas Liebes und pflegt. Wenn er auch die Konsequenzen noch nicht absah. Er hoffte, mit der zuversichtlichen Gier eines Kranken.

Es war jetzt Mitte Oktober. Über den Nachmittagen lag noch eine laue leuchtende Wärme.

Roman Henry ging nun immer nach Tisch in den Luxembourggarten. Gabriele begleitete ihn bis zum Portal und kehrte dann um.

Er hatte selbst das Gefühl, wie seltsam das Bild war, wenn sie zusammen dahinschritten. Gabriele zierlich und kokett, mit schüchternen und doch listigen Augen, auf ihren hohen Absätzen vergnügt einher trottend. Und er in dem weiten englischen Paletot, der seine Hagerkeit doch nicht verbergen konnte, wie eine wandelnde Unsicherheit. Als hätte er eine Scheu vor jedem Tritt.

Wenn Gabriele wieder zurückging, stand er oft noch hinter dem hohen Eisengitter, hielt sich an den Stäben und schaute ihr nach. Sie sah sich nie, oder nur selten, um. Sie hatte ihn hergebracht, er hatte ihr die Wange geküsst, und nun trottete sie wieder zurück. In jedem Fall war ihre Pflicht getan. Sie zog nicht die Gedanken einer Bewegung in die einer anderen über, sondern trennte mit selbstverständlicher Sorgfalt.

Roman Henry wollte dies erst als schmerzlich empfinden. Wenn er sich auch über die Zuneigung der Frauen sonst keine allzu großen Hoffnungen machte und ihre trügerischen Möglichkeiten kannte, glaubte er doch immer wieder, was Gabriele anbetraf, an einen seltenen Fall. Sie hatte noch das Zutrauen zu ihm, das ein Weib zumeist zu dem Manne besitzt, der zuerst ihr Leben, in dem besonderen Sinn, der hier vorlag, gestaltet.

Darauf stützte er seine Reflexionen, wenn er sich zugleich auch eingestand, dass sein Glaube an Gabriele doch wohl, ja in einem ganz großen Maße dem Bedürfnis nach Anhänglichkeit und Liebe entsprang, welcher Wunsch nur zu sehr in seinem jetzigen, zuweilen fast trostlosen Zustand begründet war.

Roman Henry ging unter den Bäumen weiter im raschelnden Laub. Er trug wieder jene qualvolle Unruhe in sich, die er zwar seit Jahren empfand, die sich aber seit einem Monat in einer unerträglichen, unabsehbaren Steigerung befand.

Längst hatte er sich entwöhnt, an das Endziel solcher Qualen zu denken. Das Denken selbst brachte ihn auf noch schwankendere Zweige. Darin lag ja auch Sympathie für den Prinzen, der, wie er es abschätzte, an einem ähnlichen Übel litt.

Roman Henry hatte sich auf eine Bank gesetzt und überlegte ernsthaft, ob es eine Anziehungskraft der Individuen gleicher Krankheitszonen gäbe.

Er vermochte keinen Beweis dafür zu finden. Als er aufsah, saß neben ihm ein Herr.

Er streifte ihn nur mit einem Blick. Da hob der andere seinen Hut und grüßte.

Roman Henry erinnerte sich nicht, ihn je gekannt zu haben, und verzog keine Miene.

Während er aber zur Fontaine de Médicis hinunterstarrte, rekonstruierte er sich sein Bild.

Er schien klein, mit einem dunklen, aber grau schimmernden Spitzbart. Trug schlechte Wäsche. Hatte unangenehm durchbohrende Augen.

Da hörte er den anderen sagen: »Doktor Belman.«

Roman Henry rührte sich nicht. Er war fast ängstlich. Was wollte der Mensch von ihm? War es ein Bettler? Oder ein Vermittler von irgendeinem Maison de Rendez-vous?

»Ich habe leider nicht das Vergnügen, Sie zu kennen, muss Ihnen aber gestehen, dass ich Sie schon lange beobachte«, fuhr der andere mit englischem Akzent fort.

»Beobachtet ...?« Roman Henry drehte ich nach ihm um, konnte aber den glänzenden stahlfarbenen Blick des Menschen kaum aushalten.

»Ja – beobachtet seit zwei Wochen. Ich saß schon vorgestern neben Ihnen auf der Bank vor dem Pavillon, aber Sie sahen mich nicht. Dann weiß ich neuerdings auch, wo Sie wohnen.« Doktor Belman lächelte etwas leise und zuversichtlich, als wollte er damit Mut machen.

»Was haben Sie für ein Interesse, mich zu verfolgen?«, fragte Roman Henry gleichgültig matt.

»Oh, ein sehr großes ... Es ist so groß, dass ich es Ihnen im Moment nicht einmal präzisieren kann, das heißt: Eine nähere Angabe möchte Ihnen vielleicht schaden.« Doktor Belman zuckte mit den Schultern, wiegte seinen Kopf und tat wie einer, der aus irgendeinem Grund im Besitz eines starken Entschlusses ist.

»Aber, was wollen Sie denn von mir?« Roman wurde erregt. »Ich bin doch keine Kokotte, die man auf der Straße anspricht!«

Er wollte recht grob sein, um den Menschen wegzubringen. Es misslang ihm aber völlig. Doktor Belman lächelte überlegen und nachsichtig. Er schlug sich mit der zusammengefalteten Zeitung, die er in der Hand hielt, aufs Knie und sann eine Sekunde, als überlegte er sich einen Plan oder eine größere Ansprache.

»Sie missverstehen mich vollkommen«, hub er jetzt mit einem bestimmten kräftigen Rhythmus an.

Roman Henry knöpfte sich seinen Paletot zu und wollte weggehen.

Da legte ihm Doktor Belman ganz sanft den Arm auf die Schulter und sagte in merkwürdigem, fast tröstendem Ton: »Bleiben Sie ruhig. So lange ich nicht will, werden Sie den Platz doch nicht verlassen.«

Roman Henry meinte nur trocken: »Sie sind komisch ...« Aber er blieb doch sitzen. Der Mensch interessierte ihn nun. »Wissen Sie«, fuhr er fort, »auf Gewalttätigkeiten reagiere ich gar nicht. Sie machen sich da nur lächerlich. Ersparen Sie sich das.«

Doktor Belman blinzelte ihn an, wie man eine Zielscheibe ganz in der Ferne betrachtet.

»Ich habe Sie unterschätzt«, sagte er jetzt fröhlich.

»Das scheint mir so zu sein«, erwiderte Roman Henry.

»Nicht Sie als Persönlichkeit, oder in Ihren Fähigkeiten, sondern einzig Ihren Willen.« Doktor Belman sprach schnarrend vor sich hin, als gebe er sich selbst über einen gedanklichen Prozess dabei Rechenschaft.

»Meinen Willen ... naja ...«, fügte Roman Henry hinzu und verzog seine Mundwinkel.

»Aber Sie sind für mich deshalb durchaus nicht weniger wertvoll. Im Gegenteil, Ihr Fall kompliziert sich dadurch und kann vielleicht neue, noch gar nicht bekannte Abstraktionen zulassen ...«

»Das ist meine Überzeugung.«

»Und worin besteht denn Ihr Interesse an mir?«

»Das ist, wie ich Ihnen schon andeutete, nicht sofort und eindeutig zu sagen, weil daraus in Ihren psychischen Zuständen Reflexerscheinungen hervorgerufen werden könnten, die den Gang der Untersuchung störten.«

»Der Untersuchung ...?«

»Ja, dies kann ich Ihnen eingestehen, dass Sie seit einigen Tagen das Objekt meiner Beobachtungen sind.« Doktor Belman zog ein Notizbuch aus dem Überrock und blätterte mit nervösen Händen.

»Mich interessiert dies sehr wenig, und wenn Sie gestatten, werde ich jetzt gehen.« Roman Henry war aufgestanden.

Doktor Belman schien darüber so verblüfft, dass ihm sein Notizbuch in den Schoß sank. Mit hilflosen, klagenden Augen starrte er zu ihm auf und wackelte nur fortwährend mit dem Kopf.

Roman Henry empfand plötzlich Mitleid mit ihm und setzte sich wieder.

»Ich dachte doch ...«, sagte er jetzt. »Wie kann ein Mensch von Takt eine wissenschaftliche Untersuchung stören!«

Da drehte sich Roman Henry nach ihm um und fragte ihn leise: »Halten Sie mich für einen Verrückten?«

Doktor Belman atmete einmal, ehe er antwortete, sagte dann aber: »Nein.«

Nun sprachen sie beide nicht mehr. Roman Henry schaute nach einem Kinde, das vor seinen Füßen im Sand spielte. Doktor Belman war für einen Augenblick ratlos.

»Es friert Sie?«, fuhr er aber nach einer Weile fort und sah nach Roman Henrys blasser rechter Hand, über die ein brauner schwedischer Handschuh halb zurückgestreift war.

»Woher wissen Sie das?«

»Ich kann mir dies denken.«

»Soll dies auch mit Ihren Beobachtungen zu tun haben?«

»Es ist ein Symptom ihrer Krankheit.«

Roman erwiderte nichts. Er hatte das letzte auch kaum gehört. Dafür empfand er aber ganz deutlich, dass er jetzt, falls er am Fenster wäre, die Ringe steigen sähe. Ein betäubender Druck lag auf seinem Gehirn.

Dies schien Doktor Belman zu ermutigen. Er sagte ihm mit ruhigem Tonfall, ohne ihn eine Sekunde aus dem Blick zu lassen: »Sie sind Morphinomane?«

Roman Henry knöpfte seinen Handschuh zu und fixierte ihn eine Weile, als säße er gar nicht neben ihm, sondern am anderen Ende des Weges.

Darauf meinte er gequält: »Es ist unerträglich, wie Sie sich in meine Privatangelegenheiten mischen.«

»Allerdings, aber es geschieht ja nicht, um eine persönliche Neugier zu befriedigen.« Doktor Belman sagte dies schnell und bedeutend, als riskierte er jeden Moment, dass Roman Henry wieder aufstehe.

»Weshalb denn?«

Doktor Belman sah Roman Henry nach seinem Stock greifen und, zum letzten entschlossenen, hub er nun förmlich und pathetisch an: »Darf ich mich Ihnen vorstellen in meiner Eigenschaft als Mitglied der Society of Psychological Sciences Washington. Ich habe hier in der Rue de l'Ecole de Médecine ein mit allem technischen Komfort ausgestattetes Laboratorium für Experimentalpsychologie und bin daran, ein neues, bahnbrechendes Werk zu schreiben. Es handelt sich um Assoziationsversuche in psychopathologischen Fällen. Tabellarisch kann ich Ihnen nachweisen, dass ich bei Alkoholikern, Opiophagen, Ätheromanen zirka zwölftausend Experimente registriert habe, und zwar in allen Stadien der Entwicklung, von den einfachen Erscheinungen chronischer Intoxikation bis zu Delirium acutum und weiterhin zu paralytischen und epileptischen Anfällen und deren Kombinationen.«

Doktor Belman hielt inne und kontrollierte den Eindruck auf Roman Henrys Gesicht.

Dieser fragte ruhig: »Sie sind wohl sehr stolz auf Ihre Arbeit?«

Es entstand eine Pause. Doktor Belman kniff missmutig die Augen zusammen. Um seinen Mund stand eine messerscharfe Falte.

»Nun aber bin ich daran«, fuhr er schließlich mit markanter Betonung jeder Silbe fort, «die Gruppe der Morphinisten zu komplettieren und hatte in Ihnen auf den ersten Blick einen Typus fortgeschrittenen Grades erkannt: Anämisches Gesicht, welke, trockene, bleiche Haut, schmutzigen Teint. Sehr gesunkener Muskeltonus. Schlaffe Haltung, nervöse Miene. Gedrücktes Wesen. Anscheinend auch Tremor manuum. Es bliebe nur noch übrig, Ihre Herztöne zu untersuchen und Sie zu befragen, ob weiter keine vegetativen Störungen vorhanden sind.«

Roman Henry saß etwas eingeknickt da, als wäre über ihn ein ganzes schweres Hagelwetter niedergegangen, und Doktor Belman atmete auf, wie einer, der froh ist, seine Rede beendet zu haben, und der nun nicht mehr unterbrochen werden kann.

»Das ist wundervoll, was Sie da sagen ...«, meinte Roman Henry und sah nach einem Mädchenpensionat, das vom Odéon her in den Garten eingetreten war. Die Kleinen trugen alle schwarze Kleidchen und hielten sich je zu zweien die Hände, während sie die Treppe gegen den Pavillon hinaufstiegen.

»Wie meinen Sie das?«, fragte Doktor Belman unsicher.

»Das mit den Symptomen, meine ich ...«, sagte Roman Henry ... »Wie Sie das alles geformt haben, fast wie ein Gedicht ... Übrigens Sie erinnerten mich im Moment an ein Grammophon, das ich vor Jahren einmal in Berlin gehört habe.«

»Ein seltsamer Vergleich«, lächelte Doktor Belman mit der Miene eines Märtyrers.

»Ja, es war auch eine merkwürdige Zeit für mich. Ich hatte damals schon die Gewohnheit, an Sonntagnachmittagen zu schlafen, weil ich die Menschenmassen auf den Straßen nicht ertragen kann. Und da spielte man immer das Grammophon den Sonntagnachmittag in der Wohnung gegenüber, und eine dicke Frau sah zum Fenster hinaus.«

»Sehr merkwürdig«, seufzte Doktor Belman und streifte Roman Henry mit einem lauernden scharfen Blick.

»Dass ich mich daran erinnere?«

»Ja, dies auch ...«

»Dies würden Sie nun«, fuhr Roman Henry fort, »in Ihrer medizinischen Sprache eine richtige Lokalisation in der Vergangenheit nennen. Nicht wahr?«

»Mag sein, doch ist im übrigen Ihre Gedankenfolge vollständig abnormal, was sich zwar in einem gewissen Maß aus Ihrem Zustand ergibt«, sagte Doktor Belman spöttisch und blinzelte missmutig und bewegte seine Beine, als wüsste er sie nicht mehr unterzubringen.

»Ich will Ihnen dies nicht bestreiten, kann Ihnen aber sagen, dass meine Sinne im Moment derart luzid sind, dass ich Ihren vorigen überaus misstrauischen Seitenblick sehr wohl konstatieren konnte, trotzdem ich, wie Ihnen bewusst war, nach der Rue de Médicis schaute.«

»Ihre Luzidität ist natürlich bedingt durch die zeitliche Distanz von der Injektion.«

»Wir kommen da auf ein zu weites Feld ...«, sagte Roman Henry leise und war nun wirklich aufgestanden. »Wenn Sie mir Ihre Karte geben wollen, will ich Sie gerne einmal in Ihrem Laboratorium besuchen.«

Er sprach so freundlich, dass sich Doktor Belman nur wenig Hoffnung machte, und schob dann auch die Karte etwas geistesabwesend in seine Rocktasche.

Dann hob er nur den Hut und ging weg.

Er hatte während der ganzen Unterredung eigentlich nur an den Prinzen gedacht. Jetzt war er sich auch klarer, was sie beide zusammenzog. Er sollte diesem Amerikaner als Experimentierobjekt dienen. Die Idee war an sich ganz vernünftig, wenn auch Roman Henry entschlossen war, nie hinzugehen. Aber bestand nicht ein ähnlicher Wunsch zwischen ihm und dem Prinzen?

Ja ... das mochte vielleicht so sein. Aber er war heute nicht imstande, sich dies weiter zu überlegen. Er hatte eine Glut in den Schläfen, die ihm auf die Augen drückte. Wenn er die Lider schloss, sah er zitternd, graue Farben. Er wusste aber jetzt genau, dass nur der Prinz das Rätsel, das ihn seit Tagen quälte und in das seine Existenz eigentlich verwickelt zu sein schien, lösen konnte.

Als er dies festgestellt hatte, fühlte er sich, wie nach einem schweren Entschluss, befriedigt. Nicht als ob für ihn nicht auch sehr viel Bangigkeit darin beschlossen war. Aber es war doch hier die Spur eines Ausweges.

Er ging nach Hause.

Der folgende Tag steigerte wieder seine Erregung. Am Nachmittag war sein Zustand fast unhaltbar geworden.

Es erfasste ihn eine unerklärliche Angst vor seinem Zimmer. Ganz fluchtartig verließ er das Haus, ohne Gabriele ein Wort zu sagen.

Im Café d'Harcourt trank er ein Glas Milch mit Kognak. Dies erfrischte für einige Zeit seinen trockenen, ausgedörrten Mund.

Er dachte an Doktor Belman. Wie komisch er doch war! »Sie sind Morphinist«, hatte er zu ihm gesagt, als ob dies ein Beruf wäre.

Wie er vor das Café trat, hatte der Himmel sich aufgehellt. Eine violette, schleierhafte Luft lag rings über den Dächern.

Er sah nach dem Zifferblatt der Eglise de la Sorbonne, das grell glänzend aus dem dunklen Gemäuer der Kirche stach.

Es war drei Uhr vorbei.

Er winkte einem Fiaker und nannte dem Kutscher die Adresse des Prinzen Nicolas.

Während der Wagen den Boulevard St. Germain entlang fuhr, in der Richtung nach der Place Maubert, hatte Roman Henry dieselbe Spannung, wie wenn er früher zum Zahnarzt ging. In den Gliedern fast kein Blut. Dafür der Herzschlag im Halse deutlich zu spüren.

Der Kopf erschien ihm in einer eisernen Kugel

eingeklemmt, deren Radius sich fortwährend verringerte.

Sollte es eine Entscheidung werden?

Auf dem Trottoir sah er ein Mädchen, das er vor drei Jahren ungefähr gekannt hatte. Wie sie verändert erschien! Merkwürdig breit und pompös geworden. Sie sah ihn an, als suchte sie selbst in ihrem Gedächtnis.

Sein Blick glitt wieder den Kastanienbäumen des Boulevards entlang. Er dachte an so manchen Frühling, da er diese Blätter hatte keimen sehen. Und dann waren sie plötzlich da. Nach einer warmen Regennacht. Tiefgrün und leuchtend.

Der Wagen hielt Rue du Cardinal Lemoine. Es war das äußerste Haus nach der Seine hin.

Roman Henry ging erst eine Weile auf dem Quai auf und ab. Er hätte kaum sofort hinaufgehen können. Sobald die Aufregung den Höhepunkt überschritten hatte, würde er ganz ruhig werden. Das wusste er.

Ob der Prinz ihn erwartete? Vielleicht war er auch gar nicht zu Hause? Diese Möglichkeit schien ihm aber fast ausgeschlossen. Es müsste denn eine starke Veränderung in ihm vorgegangen sein.

Roman Henry stellte sich an die Quaimauer. Zwei schwere Lastschiffe kamen den Fluss herauf. Auf dem hinteren lagen große Fässer auf dem Verdeck. Ein dunkler Qualm stieg aus den Kaminen empor.

Nun entschloss er sich, doch hinaufzugehen.

Vorsichtshalber fragte er den Concierge, ob der Prinz ausgegangen sei. Dieser wusste aber nichts, da er erst seit einer Viertelstunden in der Loge war.

Als er in der zweiten Etage vor der Tür stand, hatte er

die seltsame Empfindung, als ob sein Leben nur noch bis hierher ginge.

Er trat da ein, wie in einen dunklen Gang. Und doch war er unendlich froh über jede Minute, die ihm noch geschenkt schien.

Da hörte er die elektrische Klingel und sah erst, wie seine Hand – völlig mechanisch – als sei sie mit dem Gehirn gar nicht mehr verbunden, auf den Knopf gedrückt hatte.

Sofort kamen Schritte auf dem Korridor, und ein Mädchen in weißer Schürze öffnete.

Der Prinz sei ausgegangen.

Roman Henry sah ihr in die Augen und sagte, dass er ihn sofort sprechen müsse. Dazu reichte er ihr seine Karte.

Sie verschwand darauf, kam nach einer Weile wieder und ließ ihn eintreten.

Der Prinz saß in seinem Arbeitszimmer, das auf den Quai ging, in der Mitte am Tisch und hatte das »Journal« vor sich. Er war vergnügt und kicherte noch, als er sich umdrehte.

Dann las er Roman Henry eine Affäre vor. Es war da ein alter Herr, Offizier der Ehrenlegion, mit einer kleinen Schauspielerin in einem Hôtel garni von seiner Frau überrascht worden. Und die erzürnte Dame hatte das Mädchen und den Gemahl, ein zittriges Männchen, mit dem Regenschirm geschlagen.

Wie köstlich das war! Der Prinz fing wieder laut an zu lachen. Er lachte unaufhörlich, so, dass es Roman Henry unbehaglich wurde.

Er dachte nur daran, ob der andere seinen Besuch in Neuilly gemacht habe, wagte aber nicht, danach zu fragen. Der Prinz schien seine Unruhe zu spüren, ging an einen Sekretär und entnahm einer Schublade einen Brillantring.

Er legte ihn ungefähr in die Mitte des Tisches, setzte sich wieder und sah nach dem Fenster hin.

Auch Roman Henry wartete und schaute auf den Tisch. Die Decke war olivgrün, und der Edelstein lag wie ein schimmernder Wassertropfen darauf.

Da hub der Prinz an: »Dieser Ring ist ein Andenken meiner Mutter.«

Dann schwieg er und schaute danach, als sehe er nicht nur eine Seite, sondern um den ganzen Stein herum.

»Er scheint sehr wertvoll …«, sagte Roman Henry und neigte sich etwas nach vorn, als wartete er auf die Stimme des Prinzen.

»Ich musste ihn zuweilen versetzen und bekam dafür siebentausend Rubel, das sind ungefähr zwanzigtausend Francs«, antwortete der Prinz ohne seinen Blick abzuwarten.

»Hat dieser Ring mit dem Geheimnis Ihrer Jugend zu tun?«, fragte Roman Henry etwas beklommen.

»Wie meinen Sie das …?«

»Sie erzählten von einem Geheimnis … einem kleinen Soldaten mit glänzenden Augen, der gewisse Einflüsse über Sie übte …«, sagte Roman Henry kühn und wollte direkt auf das Ziel losgehen.

Der Prinz lächelte jetzt etwas schmerzlich: »Sie möchten wissen, ob sich mein Zustand gebessert hat, nicht wahr? Könnte sich Sie nicht mit gutem Recht und Interesse dasselbe fragen?«

»O ja ...«

Aber der Prinz fragte nicht. In einer schläfrigen Ergebenheit saß er da und sagte: »Ich habe diese Wohnung seit meinem Besuch bei Ihnen nicht mehr verlassen.«

»Sie gehen gar nicht mehr aus?«

»Nein ... Nie mehr!«

Roman Henry lächelte unwillkürlich: »Sie haben alle diplomatischen Ambitionen verloren?«

»Was bedeutet das auch? Ich bin jetzt vollkommen ruhig und glücklich ...«

»Sitzen Sie vor diesem Stein?«, fragte Roman Henry in einem Ton, als wollte er eine Erpressung ausüben.

Der Prinz sah ihn ruhig an, als verstünde er die Notwendigkeit einer solchen Absicht gar nicht: »Es gibt ein Stadium des Kampfes, so lange man auf der Grenze steht. Ich habe dies überwunden. Ich füge mich in den Kreis. Ich werde nie nach Persien gehen, nicht einmal zur Place St. Michel ...«

»Aber haben Sie nicht noch Momente, wo Sie darin eine entsetzliche Gefahr sehen? Etwas, das Sie töten wird?«

»Nein ...«

»Worin besteht dann die Reise?«

»Ich sitze hier wirklich vor dem Stein. Sehen Sie, der Kampf war nur so lange da, als ich gleichsam der Kraft in leerem Raum gegenüberstand. Jetzt ist hier wieder eine Materialstation ...«

Und der Stein hat diesen Sinn des Ersatzes für den ... Soldaten ...?«

»Ja .. was für einen sonst ...?« Der Prinz sah seine neue Existenz so klar, dass er alles Übrige, wie es schien, schon als abnormal empfand.

Roman Henry überlegte eine Sekunde: Er dachte an das Fenster. Wenn er selbst so weit war, dann musste die Probe auf die Existenz oder Nichtexistenz der Tiefe kommen. Es ging auf Leben und Tod.

Ein kalter Schweiß trat ihm auf das Gesicht. Heute oder morgen hätte er den Mut noch nicht, aber der Tag musste bald da sein. Und dann – ?

Er empfand plötzlich einen seltsamen Widerstand gegen diese Gedankenfolgen in seinem Gebein. Eine geheimnisvolle Macht, die er logisch gar nicht mehr schaffen konnte, schien ihn davor zu warnen. Sollte er sich Gabriele anvertrauen? – Nein, ihr am allerwenigsten.

Ob dies alles vielleicht doch noch abzuschütteln wäre? Er versuchte seine Hände dagegen zu ballen. Aber die Finger gehorchten nur zag. Er hatte nicht mehr das Gefühl einer Kraft in ihnen.

Die Neven waren tote Drähte geworden. Sie spannten nicht mehr an.

Eine furchtbare Niedergeschlagenheit fiel auf ihn.

Dieser Dämmerzustand war entsetzlich. Er hatte nur die Ahnung einer unheimlichen Zukunft. Weiter zu sehen vermochte er nicht mehr.

»Setzen Sie sich ans Klavier und spielen Sie nur

zwanzig Takte der »Berceuse« von Godard«, bat ihn plötzlich der Prinz.

»Und dann?«, fragte Roman Henry, als ob der andere nicht zu Ende gesprochen.

»Dann fahren Sie mir mit der rechten Hand vom Ansatz der Stirne zweimal über das Gesicht ...«

Roman Henry sah ihn nicht mehr an und begann zu spielen. Er schlug die Akkorde in weichen sanften Arpeggien an.

Eine Sekunde war ihm, als ob der Prinz hinter ihm stände und die Handfläche gegen seinen Nacken hielte.

Eine schwere Müdigkeit kroch ihm in die Arme. Er hatte fast keine Luft mehr, sie zu bewegen.

Wie er sich aber umwandte, saß der Prinz still am Tisch und starrte nach dem Stein.

Da hörte er auf zu spielen.

Die Luft im Zimmer schien ihm auf einmal dick und stickig.

Er trat zum Prinzen hin. Seine Augen waren starr und glasig. Da fuhr er ihm mit der Hand darüber, worauf sie sich augenblicklich schlossen.

Roman Henry atmete auf wie in einer unsagbaren Erleichterung. Er betrachtete jetzt genau das kleine Gesicht des Prinzen. Es war unheimlich alt, und um die Mundwinkel gegen sich zwei kummervolle Falten.

»Wie komisch!«, murmelte er.

Er hatte ihn jetzt ganz in seiner Gewalt. Der Prinz schlief. Und wenn er zu ihm sagte: »Stehen Sie auf!«, so stand er auf. Er gehorchte auf jedes Wort. Willenlos. Bedingungslos. Das wusste Roman Henry.

Eine ganz unmotivierte Schadenfreude glitt über sein Gesicht. Wie unklug er doch war, sich so in die Macht eines anderen zu begeben, sich seinem Willen unterzuordnen.

Was konnte alles daraus entstehen?

In seinem Gehirn flammte plötzlich ein Gedanke auf. Wie ein Blitz. Und schon war er wieder verschwunden.

Er trat ans Fenster. Unten gingen Menschen auf dem Quai. Schräg hinüber sah er die Türme von Notre-Dame.

Nun maß er die Distanz vom Fenstersims zur Tiefe. Es mochten fünfzehn Meter sein.

In seiner Einbildung versuchte er, sein eigenes Zimmerfenster, das bis zum Boden reichte für dieses einzusetzen. Es gelang nicht, und er kam darüber in eine stumme Verzweiflung. Alles, was er noch von Willen in sich hatte, versuchte er aufzubieten. Die Vision musste sich einstellen.

Mit den Händen machte er Bewegungen. Verlängerte die vertikalen Fensterbalken in der Rechnung der Gebärden bis zum Boden.

Es half nicht. Das Bild wollte im Gehirn nicht kommen. Da lehnte er sich an das Fenstersims und sah hinunter. Ein Frachtschiff lag in der Tiefe des Flusses und wurde von der Linie der Quaimauer der Länge nach durchschnitten. Das Verdeck war leer und abgeräumt.

Über das schwarze geteerte Bord hinweg glitt Roman Henrys Blick ins Wasser. Die leichte glimmernde Bewegung der graugelben Wellen schien seinem Wunsch entgegen zu kommen.

Zeitweilig verschwamm die ganze Szenerie des Gesichtsfeldes, und er glaubte dann, die Kreise steigen zu sehen.

Die Flächen des Quais und des Flusses flossen in dieselbe Ebene über und waren von einem indifferenten Nebel überzogen.

Jetzt musste die Tiefe schwinden. Das Wunder sich erfüllen. Eine schmerzliche Sehnsucht hatte ihn erfasst. Er hätte jetzt darum bitten mögen, wie um ein überirdisches Geschenk.

Schauer, wie er sie als Kind der Kirche und den heiligen Dingen gegenüber empfand, durchströmten ihn.

Seine Miene war demütig geworden wie die eines Sünders, dem eine unverdiente Seltsamkeit zuteil werden soll.

Er sank am Fenster auf einen Sessel nieder. Wie er jetzt vor sich hin auf den Teppich starrte und kaum ein Bewusstsein seiner Körperlichkeit mehr hatte, trat die Verwandlung ein.

Sein eigenes Fenster sah er klar und deutlich. Er wähnte sich auch bei sich zu Hause. Und die Kreise stiegen ...

So saß er lange und badete sich in der Wonne des fast unfassbaren Glücks, das ihn durchfloss.

Da schaute er auf, und der Prinz saß immer noch in der Erstarrung am Tisch. Damit überkamen ihn wieder Überlegungen und eine große Ernüchterung.

Er fühlte sich der letzten Probe noch nicht gewachsen und empfand doch die Notwendigkeit, dass sie eintreten musste.

Ohne irgendeinen Gedanken näherte er sich dem Tisch und setzte sich an die Seite des Prinzen. Dieser hatte die Oberlippe vorgeschoben, und seine weißen Zähne waren in das Fleisch der Unterlippe eingebohrt.

»Seltsam ...«, dachte Roman Henry. Er hatte dies vorhin noch gar nicht gesehen.

Während er ihn jetzt ruhig betrachtete, sagte er sich plötzlich ganz kaltblütig: »Wenn er mir zum selben Zweck dienen könnte, wie ich Doktor Belman? Wenn er mir das Gesetz meiner Qualen erprobte?«

Roman Henry erschrak einen Moment über diese Kalkulation. Nicht, als ob er einen Gewissensbiss empfunden hätte. Es war eher ein Misstrauen, eine instinktive Abwehr. Aber sie dauerte nur ein paar Atemzüge.

Schon zerlegte er sich den Plan.

Er würde ihn aufstehen heißen. Dann das Fenster öffnen. Ihm die Tatsache der eliminierten Tiefe suggerieren. Und dann musste es sich entscheiden ...

Der Prinz würde ohne Widerspruch durch das Fensterkreuz hinausschreiten.

Ein kühler Schauer rieselte Roman Henry über die Haut. Die Idee war so spannend, so bis in die tiefsten Nerven aufregend.

Sein ganzes, eigenes Schicksal lag darin.

Die Erregung erfasste ihn derart, dass er sich an die Stuhllehne halten musste, um die Herrschaft über sich nicht zu verlieren.

Während dies Feuer der Reflexionen schier verbrannte, schienen ihm plötzlich die Augen des

Prinzen nur noch halb geschlossen. Die Pupillen waren beide nach ihm gedreht. Sie stachen wie Nadelspitzen.

Der Prinz beobachtete ihn.

Roman Henry erstarrte in einem furchtbaren Schreck. Er wollte sofort aufstehen und hinauslaufen. Aber er war wie gelähmt.

Nun öffnete der Prinz die Augen völlig und sah ihn überlegen lächelnd an.

»Ich habe Sie ertappt ...«, sagte er nach einer Weile mit verkniffener Ironie.

Roman Henry war aschgrau. Sein Mund so trocken, dass ihm der Gaumen glühte. Dabei schlotterte er wie in einer eisigen Kälte.

»Wobei?«, fragte er mit einer Stimme, die zu letzten Kampf aufgepeitscht war.

»Dies ist mir nicht ganz klar; aber es war gut, dass ich nicht in Hypnose lag ... nicht ...?«

Merkwürdigerweise begnügte sich der Prinz damit und schien auch nicht weiter darüber nachzudenken.

Er sprach plötzlich zwischen hinein vom Großfürsten Mikael. Er hatte mit einem Vertreter des »Matin« ein Interview gehabt über die Mittelmeerreise des Zaren.

Roman Henry war noch ganz betäubt. Er konnte keine Antworten geben, sondern brütete stumpfsinnig vor sich hin. Die Katastrophe hatte ihn vollständig zu Boden geschlagen.

Dazu fühlte er, wie komisch er jetzt vor dem Prinzen war. Dieser hatte vorhin jede seiner Gesten, seine Bewegungen am Fenster mit hämischem Blick verfolgt. Was dachte er sich wohl darüber? Hatte er eine Ahnung, wie nah er an einem Abgrund vorbeigeglitten? Oder nahm er alles bloß als eine groteske Szene?

Eine quälende, unerträgliche Scham stieg in Roman Henry auf. Er wollte gehen. Aber wie? – Er vermochte kein Wort, keine Form zu finden, die den Rückzug irgendwie deckte.

Zum ersten Mal war er seit langer Zeit hilflos wie ein Kind. In einer grausamen, erwürgenden Fassungslosigkeit.

In jedem Augenblick erwartete er eine neue, noch furchtbarere Erschütterung. Der Prinz konnte ihn ja fragen, konnte Aufklärung verlangen und, wenn er es geschickt anfing, vielleicht alles aus ihm herauspressen.

Er zitterte wie mitten in einem Gewitter. Als brächte die nächste Sekunde einen zermalmenden Blitzschlag.

Da fragte der Prinz harmlos und sanft: »Sind Sie krank?«

»Ich habe Durst ...«, antwortete Roman Henry. Seine Stimme war rau und trocken. Aber er wusste jetzt, dass der andere nichts von allem erfasst hatte.

Der Prinz war noch nicht einmal Herr seiner Ironie.

Dies gab ihm Mut.

Als das Mädchen ihm ein Glas Milch gebracht, trank er langsam und bedächtig. Das körperliche Wohlbehagen, das er dabei empfand, ließ ihn für eine kurze Zeit seine Situation vergessen.

Langsam fühlte er auch die Kraft in sich wachsen.

Als er nun den Prinzen ansah, hatte dieser wieder sein trübseliges, leidendes Gesicht und rollte mit der Handfläche den Ring auf der Tischdecke hin und her.

Nun vermochte er sich zu verabschieden.

Als er unten auf der Straße stand, konnte er kaum mehr gehen. Mit Mühe schleppte er sich zum Pont Sully, wo ein Wagen stand.

Wie er sich setzte und dem Kutscher seine Adresse gesagt hatte, hörte er ein seltsames Rauschen unter sich. Ihm war, als ob sie über einen Fluss führen.

Dann knickte er zusammen und fiel in eine Ohnmacht.

Für Gabriele kamen ein paar unruhige Tage. Roman Henry lag zu Bett, und sie musste oft nach der Apotheke laufen.

Aber der Zustand besserte sich bald. Der Kranke schien sich sehr zu erholen. Durch die Sorge für seinen Körper wurde er von allen anderen Bestimmungen seines Schicksals abgelenkt, was ihm sehr gut bekam.

Am vierten Tag konnte er wieder ausgehen. Leicht und federnd schritt er neben Gabriele und schien wirklich vergnügt.

Roman Henry wollte in den Bois. Beim Odéon nahmen sie ein Automobil und fuhren den Boulevard St. Germain hinunter gegen die Concorde.

Es war wieder einer jener schönen, melancholischen Herbstnachmittage. Die Luft hing in bläulich blassem, schimmerndem Leuchten zwischen den Häusern. Die Dachfirste, die gleich Treppenstufen übereinander ansteigen, standen grau und gleich Phantomen in der Atmosphäre.

Wie sie in die Champs-Elysées einbogen, erzählte

Gabriele, dass sie ein Herr vor zwei Tagen bei der Apotheke Rue Monsieur le prince angesprochen.

Roman Henry merkte auf.

»Was wollte er?«, fragte er.

»Er bot mir Geld an, wenn ich dich zu ihm bringe ... nur für eine Stunde am Tag ...«

»Und was hast du geantwortet?«

»Ich habe das Geld genommen ...«, sagte Gabriele und lachte ... »Er sagte, dass er dich kennt, und dass mich das Geld zu gar nichts verpflichtet ...«

»Ich finde es unerhört, dass du über mich verfügst wie über eine Sache«, meinte Roman Henry und zerrte Gabriele leise lächelnd am Ohr, wie das oft seine Gewohnheit war.

»Wirst du jetzt hingehen ...?«, fragte sie nach einer Weile.

»Muss ich denn nicht? Ich würde dich ja blamieren.«

»Ja, das würdest du«, meinte Gabriele gelassen.

»Was sagte er sonst noch?«

»Er gab mir eine Karte und sagte, ich müsste dich führen, denn sonst kämst du nicht. Man müsste so auf deinen Willen einwirken ...«

»Er setzt also voraus, dass ich keinen mehr habe?«

»Das weiß ich nicht.« Gabriele war schon zuversichtlicher geworden.

Roman Henry schien das Gespräch plötzlich nicht mehr zu interessieren. Er sah auf den bleigrauen Wachsmantel des Chauffeurs und rauchte teilnahmslos eine Zigarette.

Der Windzug trieb ihm aber den Rauch in den Hals,

und er fing an, laut und mühsam zu husten.

Als dies zu Ende war, hub er wieder an:

»Übrigens hast du ja das Geld nicht genommen.«

»Woher weißt du das?«, fragte Gabriele ein wenig erstaunt.

»Weil dir Doktor Belman kein Geld gibt, ehe ich dort gewesen bin ... Die Doktor Belmans geben kein Geld auf unsicherer Chance. Glaubst du das nicht?«

Gabriele antwortete erst nicht und lehnte sich zurück.

Er merkte den Kniff und meinte: »Du baust darauf, dass ich mich nicht umdrehe.«

»Ja ...« Gabrieles Schuhspitzen klappten nervös auf den Teppich des Wagens.

»Wofür brauchst du das Geld?«

»Für ein Pelzjackett ...«

»Wir haben jetzt in der Sonne noch zwölf Grad Wärme ...«

»Gewiss, aber wir werden nicht immer in der Sonne zwölf Grad Wärme haben.«

»Du hast den praktischen Sinn einer kleinen Bäuerin; unter deinen Vorfahren sind ja auch Bauern gewesen, nicht?«

Roman Henry hatte Lust, sich vom Lande erzählen zu lassen. Von der Weinlese, da die jungen Burschen singen, bis zuletzt alle betrunken sind. Aber Gabriele hatte nur die Kühe gehütet und im Feuer auf die Weise Äpfel gebraten.

»Die riechen gut, die verkohlten, gebratenen Äpfel?«

»O ja ...«, sagte Gabriele, als dächte sie an das Pelzjackett.

Sie hatten eben die Avenue du Bois de Boulogne verlassen und den Pavillon Chinois passiert.

Roman Henry starrte in das gelbe Laub der Bäume, aus denen zuweilen ein roter Wipfel wie ein flammender Busch aufragte.

Es befiel ihn eine leise und doch quälende Beklemmung. Ein Gefühl, ähnlich demjenigen, das er bei jeder Abreise von Paris empfand. Als führe er in einen leeren gähnenden Schacht hinein und müsste alles hinter sich lassen, was ihm noch einzig Sinn und Glück und Sehnsucht war.

Wie liebte er diese Stadt. Mit der zähen, leidenschaftlichen Liebe eines Sonderlings, dessen Lebenskreis von Jahr zu Jahr enger geworden war in seiner Fläche und dafür bewegter, farbiger und strahlender in seinen Bildern.

Er sann über geheimnisvolle, fast mystische Nächte, die er auf dem Montmartre verlebt. In Höhlen, in denen grell gemalte Gesichter kreisten und Leiber tanzten, von denen der Dunst ihrer lebendigen Verwesung aufstieg.

Roman Henrys Sinnen glitt jetzt über diese Zeiten hin wie über bunte Beete mit etwas exzentrischen Blumen, die sich zuweilen unter einem warmen Winde bogen, von einem sprühenden ausgelassenen Gelächter erschüttert wurden.

Daneben sah er die stillen altmodischen Viertel der Stadt, die aus Neapel hätten stammen können, in ihrer engen Winkeligkeit und dem Schmutz, über dem noch eine rätselhafte Kruste von kuriosen Reflexen einer schönen Vergangenheit lag.

»Wollen wir Teetrinken gehen?«, fragte Gabriele, als sie den Pavillon d'Armenonville auftauchen sah.

Roman Henry ließ das Automobil stoppen, konnte sich aber dann noch nicht entschließen. Er wollte wieder nach der Stadt zurück. Viele Menschen sehen, in ihren Bewegungen seine Augen baden.

So fuhren sie zurück und setzten sich vor das Café Américain.

Aber Roman Henry war schon müde.

Gabriele betrachtete ihn scheu und ängstlich, und ihr schien es, dass er in den letzten Tagen sehr gealtert sei. Sein Kopf war erstaunlich schmal geworden. Die Augenbrauen lagen wie ein einziger dunkler Balken über den Höhlen, aus deren Tiefe die Pupillen winzig klein, fast unwirklich schimmerten.

Er saß gebeugt auf dem Stuhl. Die Linie seines Rückens zeigte eine kläglich gebogene Kurve. Seine Wangen waren unter der Wölbung des Backenknochens tief eingesunken und die Lippen schlaff und apathisch.

Plötzlich richtete er sich aber auf und sagte: »Zudem hat dir Doktor Belman auch kein Geld angeboten.«

»Aber er hat mich doch angesprochen.«

»Mag sein, aber weshalb hast du gelogen?«

»Weil's mir Spaß machte, zu sehen, ob man dich anlügen kann.«

»Das kann ich verstehen.« Roman Henry fand den Versuch auch wirklich einleuchtend. Er hatte selbst zu oft mit Menschen experimentiert, als dass er diese stille Wonne der Beobachtung, das Entzücken, einem anderen etwas vorzutäuschen, um ihn zur Enthüllung zu zwingen, nicht gekannt hätte.

Gabriele aber hatte seine längliche, kühle rechte Hand ergriffen und fuhr mit ihrem grauen, weichledernen Handschuh darüber, wie sie wohl als Kind einer jungen Katze über den Rücken strich.

Diese kraulende Bewegung war eines der tiefsten Zeichen ihrer Anhänglichkeit. Roman Henry fühlte, wie ihm darüber allmählich eine wohlige Wärme im Arm aufstieg.

Es ging gegen Abend. In stürzenden, taumelnden Wellen rauschte das Leben des Boulevards. Die Luft flirrte vom wirren Geschrei der Kutscher, dem Getrappel und Geknarre der schweren großen Tramways, die gleich fahrenden Gebäuden daherzogen.

Automobile fauchten, die Motore des Autobus Clichy-Odéon krachten im Vorbeilaufen, und der hohe gelbe Wagen stöhnte wie ein gequältes müdes Tier.

Über der Straße schwamm eine dünne Schicht gelblichen Staubes, und vis-à-vis brannten in den Läden schon die weißen elektrischen Flammen.

Nebenan flimmerten in der Höhe der oberen Etagen die roten und gelben Reklameaffichen auf. In der Ferne begann auf dem Dach eines Riesenhotels der Kinematograph zu arbeiten.

Eine dichte, schreiende, gestikulierende Menge schob sich über die Trottoirs.

Roman Henry winkte sich einen Camelot heran und kaufte sich die »Patrie.«

Dann glitt sein Blick wieder in das Gewühl. Durch sein Gehirn vibrierten unzählige phantastische Damenhüte, berückende und raffiniert emaillierte Gesichter, Gestalten von graziler Schlankheit in Kostümen von sanften und doch peitschenden Farben, Kleider rauschten wie knisternde Flammen.

Elegant geraffte Röcke zeigten mirakulös durchbrochene Strümpfe, feine rassige Knöchel wurden sichtbar.

Eine stille, wonnige Lebensfreude überkam ihn wieder. Wie eine beseligende Glut stieg es in ihm auf.

Er musste sich bemeistern, in eine klare Bahn zu kommen.

Seinen ganzen morschen Körper wollte er planmäßig und von Grund auf regenerieren. Zunächst die Gifte sich entziehen lassen. Dann das Blut in eine gesunde Entwicklung bringen.

Der Gedanke der Hoffnung auf ein neues, genussreiches, in den Bedürfnissen und Instinkten vielleicht einfacheres Leben erschütterte ihn so, dass er leise aufschluchzte.

Aber es war nur ein schmerzhaftes Würgen im Gaumen, und die Augen brannten ihm in einem trockenen Fieber.

Dennoch war er glücklich. Es gab auch für ihn noch eine Zukunft.

In einer geschäftigen Hast entfaltete er die Zeitung. Gabriele blätterte in der »Illustration«.

Er überflog erst einen Artikel von Henry Rochefort. Roman Henry erinnerte sich, den Journalisten einst in einer Gesellschaft gesehen zu haben. Ein weißer Wall von Haaren über einem gelbbraunen Gesicht.

Rochefort war damals gegen Dreyfus, für die Militärpolizei gegen Picquart. Es war einige Wochen vor dem Tod von Felix Faure.

Dann fiel sein Blick auf eine Notiz: »Tragischer Unfall«.

Er las langsam und mit dem seltsamen Gefühl, dass ihn das Ereignis etwas anginge.

»Der Carrefour de l'Odéon war gestern gegen fünf Uhr der Ort einer dramatischen Szene. Ein eleganter Herr, der unter dem Namen des Prinzen Nicolas noch vor kurzer Zeit in den Kreisen der Lebewelt auf dem Montmartre sehr bekannt war, wurde von einem Automobil umgeworfen, weil er dem Wagen nicht mehr ausweichen konnte, oder, wie es sich nachher herausstellte, auch nicht auszuweichen den Willen hatte.

»Prinz Nicolas erklärte, als er glücklicherweise ohne Verletzung aufgehoben worden war, den Schutzleuten und dem anwesenden Publikum, dass er aus gewissen Gründen den Ort nicht mehr verlassen könne, bzw. hier eine geheimnisvolle Bestimmung zu erfüllen hätte.

»Nur nach großem Widerstand konnte der Geistesgestörte in einem Wagen nach dem Depot gebracht werden, von wo er auf Veranlassung der russischen Gesandtschaft noch im Laufe des gestrigen Abends in das Sanatorium des Dr. H. in Asnières zu weiterer Beobachtung überführt wurde.

»Prinz Nicolas berief sich wiederholt auf seine Verwandtschaft mit dem Großfürsten Mikael, was uns veranlasste, bei Seiner Kaiserlichen Hoheit Erkundigungen einzuziehen. Großfürst Mikael, der charmante Caufeur und eminente Sportsmann hatte die Liebenswürdigkeit, unseren Mitarbeiter in seiner prunkvollen Villa in Neuilly heute früh zu empfangen, und erklärte, dass keine verwandtschaftlichen Beziehungen zwischen ihm und dem vermeintlichen Prinzen Nicolas vorhanden seien. Dagegen ist der Herr unter dem Namen Herr von B. der russischen Gesandtschaft sehr wohl bekannt, und es scheint, dass er einer alten, durchaus hoffähigen Petersburger Familie entstammt, wobei ihm der Name Prince Nicolas – zuweilen auch nur Prince Russe – von den Grazien der Abbaye de Thélème und anderer Luxuslokale an der Place Pigale, wo er jahrelang ein liebenswürdiger Gast war, beigelegt wurde. Wir werden unsere Leser über den Fortgang der Angelegenheit unterrichten.«

Roman Henry streifte erst Gabriele eine Sekunde lang mit einem kühlen, spähenden Blick.

Sie hatte nichts bemerkt und blätterte noch in der Revue.

Da faltete er die Zeitung langsam mechanisch zusammen und schob sie gegen sich, als wäre sie irgendein geheimnisvolles Instrument.

So ließ er sie in der Rocktasche verschwinden. Dann saß er mit halb geöffnetem Mund da, ohne erst einen Gedanken fassen zu können. Er sah nur seinen Atem, der wie ein feiner Nebel in die kühle Abendluft hinausfloß.

Der Prinz war also verrückt.

Roman Henry überlegte das zuerst mit einer

gezwungenen, fast gleichgültigen Ruhe. Er versuchte, sich einzureden, dass ihn das schließlich nicht viel anginge. Er hatte ihn als taktvollen, etwas kuriosen Menschen gekannt und auch geschätzt.

Nun war der Abgang freilich peinlich. Aber der andere, der nun im Sanatorium des Doktor H. in Asnières geborgen war, hatte nicht das Recht, ihn in sein Schicksal irgendwie hineinzuziehen.

Nein, das hatte er nicht.

Roman Henry trug in seinem Blick jenen kämpfenden Zug, als ob er einem Gegner gegenüberstände.

Nun ja, er hatte ihn beobachtet, er hatte ihn wie ein rätselhaftes Tier angesehen, das vielleicht in manchem von seinem eigenen Wesen, zuweilen mochte er glauben, sogar von seiner eigenen Zukunft in sich trug.

Aber was bewies das? Nichts bestimmtes, nichts Positives, nichts, was ihn zu ängstigen brauchte ...

Er wollte sich da nicht deprimieren, nicht einschüchtern ... nein ... nicht ängstigen lassen.

Er fuhr sich hastig mit der Hand über die Stirne, hatte aber kein Gefühl, ob sie heiß oder kalt sei. Nur der Handschuh glänzte nass vor Schweiß.

Zudem, sagte er sich weiter, lag etwas Erlösendes in dem Ereignis. Er hatte sich zuletzt vor dem Prinzen noch furchtbar blamiert. Die Szene am Fenster tauchte nochmals grau und komisch in seinem Gehirn auf.

Jetzt war das ausgelöscht –, denn der einzige Zeuge war tot, so gut wie tot. O, er mochte nun lange reden, jedermann würde lächeln, wenn er etwa jene seltsamen Gesten am Fenstersims beschrieb. Man würde es für den Witz eines Verrückten nehmen.

Roman Henry saß jetzt die Angst so im Hals, dass er kaum mehr atmen konnte. Jeden Moment war ihm, als wollte das Blut still stehen.

Es galt einen Kampf auf Leben und Tod. Darüber wollte er sich nicht täuschen.

Ob ihn der andere nachzuziehen vermochte, – darin lag die Entscheidung.

Gabriele hielt ihm in diesem Augenblick die »Illustration« unter das Gesicht. Es war da ein Pelz aus Bison de Canada.

»Ja ... du sollst alles haben ...« Roman Henry konnte vor Erregung kaum reden.

»Du bist lieb«, sagte Gabriele leise.

»Du sollst alles haben ... alles ...«, wiederholte er. Er war durch seine entsetzliche Bangigkeit ganz mild geworden. Er empfand es als eine Gnade, nur noch jemand etwas sein zu können. Zu leben ... einzig zu leben ...

Die Chancen waren wohl maßlos gesunken, sagte er sich, eine Katastrophe so oder so lag in der Zukunft. Daran war kaum etwas zu ändern. Das musste ertragen, durchgefochten werden.

Aber heute, in dieser Stunde, existierte er noch. Welch unendliches Glück das bedeutete ...

Die Tatsache seiner Existenz war nicht zu bestreiten, - nein, er sah noch den Jubel des Daseins.

Wie ein furchtsamer Junge überschaute er die

schillernde, taumelnde Woge des Boulevards, wie die Wagen rasten, die Motore knatterten, die Affichen aufflammten und wieder verschwanden, der Cinéma gleich einem glänzenden, flimmernden Vogel auf dem Dach saß.

Und direkt vor den Tischen zog die Menge auf dem Trottoir dahin. Gedrängt wie ein aufgestauter Zug. Mit schöner, gieriger Selbstverständlichkeit. Reflektierende Zylinder schwebten zwischen großen weißen Reiherfedern, Kinder glitten zwischen den gelassen wandelnden, blendend gemalten Kokotten, die mit einem Blick voll scharfer, reifer Süße die ganze Welt der Straße durchspähten, die Camelots schrien: »Paris – Sport« und stoben wie gehetzte Hunde den Cafés entlang.

Roman Henry sah dies alles plötzlich in unendlicher Ferne. Als hätte er schon kein Recht des Mitfühlens mehr. Und doch trug er ein leises stilles Glück in sich, wie einer, dessen Hoffnungen recht klein geworden sind, und der zuletzt in einer jammernden Durstigkeit kühn und bewusst verbrennt und doch noch, im Vergehen, rührende, kümmerliche Schauer empfindet.

Plötzlich stand er aufrecht, rief den Kellner. Dann ließ er den Wagen kommen. Er wollte nach Hause.

Er hatte einen ganz bestimmten Plan. Wovor ihm bangte, war das Fenster.

Ihm musste er entrinnen.

Im Wagen überlegte er sich das. Es gelang ihm, ein klares, sicheres Bild der Gedanken.

Zugleich wusste er, dass dieser Zustand jetzt nur noch

eine Stunde oder zwei anhielt. Dann musste eine neue Injektion kommen, oder – es folgten die ganz üblen, unberechenbaren Erscheinungen.

Aber vor der Injektion bangte ihm. Sie machte ihn sicher, mutig, froh, weckte jedoch die phantastische Sehnsucht nach dem Fenster, diese rätselhafte Lust, die ihn zur Untersuchung der Tiefe trieb.

Wie misstraute er jetzt dieser Glückseligkeit!

Und doch war ihm, als würde er ihr einst nicht mehr misstrauen, als wäre vielleicht noch in dieser Nacht aller Widerstand gebrochen. Und dann? ...

Er erschien sich mitten im Gewühl auf einer einsamen Insel, völlig allein und ohne eine Beziehung zu irgendwem. In einem Zustand von grauenvoll spannender Ratlosigkeit. Da fühlte er wieder Gabrieles Hand auf der seinen. Er wachte auf. Die Bewegung schien ihm aus einem ganz anderen Reich zu kommen.

Jetzt hörte er auch das Klappern der Hufe. Rings wurde es licht. Sie fuhren über den Platz vor dem Châtelet. Das Theater war schon strahlend erleuchtet.

Ein Camelot warf ein Programm in den Wagen. Nun passierten sie die Seine. Roman Henry sah gedankenlos und starr nach rechts in den breiten, dunklen, spiegelnden Raum des Flusses.

In dieser Nacht saß er einsam im Stuhl beim Fenster. Die Jalousien waren geschlossen und die weißen Vorhänge deckten die Scheiben.

Gabriele hatte er früh schlafen geschickt.

Er war für einen schweren Kampf gerüstet.

Seit einer Stunde saß er still in sich versunken und wartete: Als ob von selbst eine Entscheidung kommen müsste. Er versuchte zuweilen zu lesen, hatte aber für nichts mehr Interesse.

Im Hotel stieg hie und da ein Glockenzeichen schrill die Gänge hinauf.

Dann schollen Stimmen und leises Lachen auf den Stiegen.

Er stellte sich vor, wer es sein möchte. Irgendein Mädchen aus der Taverne du Panthéon oder dem Café d'Harcourt mit einem jungen Herrn. Vielleicht war der Herr auch schon älter. Bärtig, mit einer Brille ... Vielleicht war das Paar sehr komisch, und das Mädchen hatte ganz leise über den Kavalier gelacht und dabei nach dem Garçon gesehen, der, das Geld für das Zimmer in der Hand, unten an der Treppe war und den beiden nachschaute.

Roman Henry gefiel sich in diesen leisen, gaukelnden Kombinationen.

Wieder stand er auf und ging leise zur Türe von Gabrieles Schlafzimmer.

Er hörte nichts. Sie schien zu schlafen. Ob sie etwas von seinem Kampf ahnte? Ob sie von ihrem Pelzmantel träumte?

Roman Henry öffnete seine Brieftasche, nahm eine Handvoll lilafarbener Scheine heraus und steckte sie in eine Enveloppe.

Dann schrieb er langsam und bedächtig, als zeichnete er mit Sorgfalt jeden Buchstaben: »Meiner lieben, kleinen Gabriele für ihren Bison de Canada.«

86

Er lächelte dabei sanft, fast schelmisch. Er sah ihre großen, glitzernden Kinderaugen, wenn sie am Morgen das Kuvert öffnete.

Seltsam, seine Gedanken gingen in einer ganz selbstverständlichen Weise schon so, als ob er mit dem folgenden Tag gar nichts mehr zu tun hätte.

Aber diese Ruhe verschwand wieder. Er wurde matt und fühlte kaum mehr die Kraft, sich auf den Beinen zu halten.

So schleppte er sich zum Bett hin und legte sich darauf.

Bald überkam ihn ein andauerndes, quälendes Gähnen. Ein nervöses Jucken rieselte über seine Haut. Dazu fror es ihn, dass er sich in den Kleidern in die Tiefe der Decken und Kissen verkroch. So lag er eine Weile in einem angstvollen Dämmerzustand. Aber er vermochte sich nicht zu wärmen. Die Glieder glühten vor Kälte.

Er sah auf seine Hände nieder, die unwillkürlich zitterten und bebten, als seien sie einem ganz fremden Willen hingegeben.

Nun versuchte er, sich zu heben und einen Handspiegel zu fassen. Er wollte sein Gesicht sehen.

Aber er vermochte nicht mehr, sich aufzurichten.

Schmerzhaft glänzende Bilder standen ihm dicht vor die Pupillen gerückt. Er wollte sie beseitigen, schloss die Lider, sah aber die brennende Vision immer noch. Ein weißglühender Stab lag nahe an der Stirne, dass er ihm die Augenbrauen sengte.

Erst wimmerte er über die Marter. Dann begann er leise zu weinen.

Nun war ihm auch, als bewegten sich Menschen im Zimmer.

Zuweilen wollte er Gabriele erkennen, die in einem weißen Gewand herumirrte.

Ein Mann stand unter der Türe und verschwand wieder.

Dann sah er plötzlich Doktor Belman. Er führte ihn eine Stiege hinauf und in einen dunklen Raum.

Es gab einen Ruck, und eine große elektrische Bogenlampe knisterte, schnalzte und spie ein flimmerndes Licht an alle Wände.

Roman Henry stand in einem Saal. Am anderen Ende war ein Tisch wie für Operationen. Daneben Staffeleien mit großen Buchstaben wie in einer Augenklinik.

Doktor Belman lächelte immer triumphierend und wiegte den Kopf wie damals im Garten.

Roman Henry saß plötzlich in einem Stuhl, und Doktor Belman band ihm die Hände und Beine mit Riemen fest.

Er wollte laut um Hilfe schreien, dachte aber, sich vor diesem Menschen zu blamieren, und presste nur grimmig die Lippen zusammen.

Da setzte sich der andere auf einen Stuhl und sagte vergnügt, als ob er ihn zu einem Frühstück einladen wollte: »Ich werde Ihnen jetzt einen Strom von tausend Volt das Rückenmark hinauftreiben ... es ist keine Gefahr dabei ... gar keine Gefahr ... Sie leisten der Wissenschaft einen eminenten Dienst ...«

Roman Henry schlotterte am ganzen Leib. Ein

profuser Schweiß quoll ihm aus der Haut.

Es stammelte nun kläglich: »Ihr Komfort geht wirklich zu weit ...«

Doktor Belman war hinter seinem Rücken verschwunden.

Roman Henrys Körper bog sich plötzlich wie unter einer furchtbaren Geißel, und nun schrie er rückhaltlos – unaufhörlich – wie ein wahnsinnig Gefolterter ...

Unvermittelt versank wieder die Vision.

Er sah sich jetzt deutlich in seinem Zimmer. Aber aus allen Ritzen und Spalten krochen Ameisen in Herden, in Strömen, wie Wasser quollen sie auf und über seinen nackten Körper, schlichen sich in den Mund, in die Nase, wimmelten in einer dicken Kruste über die Augen.

Wie das schmerzte und juckte und brannte.

Er schlug um sich, klatschend fielen die Fäuste auf Brust und Beine.

Aber da gähnten schon faustgroße Löcher, – die Tiere fraßen ihn auf ...

Unzählige Lichter tauchten jetzt auf und verschwammen zu einem einzigen flirrenden Meer.

In der Mitte des Raumes stand wieder Doktor Belman. Er trug noch dieselbe komische Wäsche von damals. Roman Henry aber saß im Stuhl.

Da brachte Doktor Belman eine lange, feine Säge. Fast wie ein breites vernickeltes Messer.

Damit sägte er ihm ringsum die Schädeldecke auf.

Und merkwürdig: dies tat kaum mehr weh. Roman Henry empfand es wie ein stilles zärtliches Summen.

Aber er misstraute dem Experiment.

»Ist dies auch für die Wissenschaft?«, fragte er und bemühte sich, ironisch zu sein.

»Ich werde Ihnen nun das Gehirn eines Foxterriers einsetzen und Sie nachher auf die Pulskurve die Wortassoziationen untersuchen«, sagte Doktor Belman mit einem tierernsten Gesicht.

»Meinetwegen«, meinte Roman Henry schüchtern, »ich bin ohnehin schon sehr müde ...«

Es wurde auch stiller in ihm.

Nur in der Kehle brannte ein glühender Durst. Und da saß er nun in einem Café, so schmal und so lang wie eine Bowling-Bahn. Und am anderen Ende schlief ein Kellner.

Roman Henry aber schrie wie ein klagendes Kind: »Milch mit Kognak!! Milch mit Kognak!!«

Der Kellner jedoch schlief.

Da durchstürmte Roman Henry mit ein paar Sätzen die ganze Bahn und wollte den Menschen rütteln.

Er war aber von Stein und eiskalt und war überhaupt kein Kellner.

Roman Henry fühlte jetzt dumpf, dass ihm jemand den Arm gehoben hatte. Eine wohlige Wärme schien in ihn zu strömen. Wie selig dieses Empfinden war. Als flössen neue wundersame Lebenskräfte in seinen Leib.

Jetzt vermochte er auch die Augen etwas zu öffnen. Gabriele stand im Morgenkleid am Tisch, der Garçon bei der Türe, und der Arzt packte eben die weiße silberne Spritze ein.

Roman Henry war jetzt so glücklich, dass ihn niemand stören sollte. Er stellte sich schlafend.

»... Sensorielle Hyperästhesie, Trübungen des Bewusstseins mit mangelhafter Korrektur für die Sinnestäuschungen ... physikalischer Verfolgungswahn ...«, hörte er den Arzt sagen.

»Komisch«, dachte er, »was diese Menschen für komplizierte Wörter haben, – wie wohl muss ihnen dabei sein.«

Er hörte jetzt, wie der Arzt hinausging und der Garçon die Türe schloss.

Nun näherte sich Gabriele und neigte sich über sein Gesicht. Ihr Atem berührte seinen Mund. Es war ihm wie ein liebliches Gekose.

Dann ging sie ins Nebenzimmer.

Als Roman Henry die Augen endlich öffnete, war es dunkel im Zimmer.

Er atmete auf. Es war jetzt so viel Glück in ihm, als ob er nach schweren Irrfahrten endlich zu einem hohen Ziel gekommen.

Er erhob sich. Die Türe zum Nebenzimmer stand noch offen. Wie ein Dieb schlich er hinüber und legte sie ins Schloss. Da merkte er auch, dass er entkleidet und im Pyjama war. Nun öffnete er leise das Fenster. Zog den Haken der Läden.

Vor ihm lag blau und dunkel die Nacht.

Vom Boulevard her tönte das Gelächter eines Mädchens. Dazu sang eine Männerstimme: Es war ein Chanson vom Montmartre:

... chantons l'amour pendant notre jeunesse, buvons le vin qui nous donne l'ivresse ...

Es klang für Roman Henry wie aus einer anderen

Zeit, die in hoher Ferne verblichen lag. Er starrte hinunter ...

Da stieg die Vision, wie er sie niemals gesehen. Die Tiefe schwand. Aus dem Fenster führte ein Weg ...

Roman Henry trat zurück. Sein Gehirn und sein Leib erglühten in der strahlenden Erfüllung dieses Traumes.

Mit einem spannungsvoll neugierigen Zug um den Mund und einer bänglichen Seligkeit in den Augen schritt er hinaus ...

Er lag schon zwei Tage in der Morgue, als seine Schwester, eine hohe schlanke Dame, ins Hotel kam, um das Letzte zu regeln.

Gabriele wurde vom Garçon gerufen, denn die Fremde wollte mit ihr reden.

Eilig stieg sie nieder. Sie hatte ja ihr Herz so voll Jammer und Verwirrung.

Als sie aber im Bureau stand, sprach die Fremde gar nicht zu ihr, sondern zum Wirt und fragte ihn, ob dies die Person wäre, mit der er zuletzt gelebt.

Da verlor Gabriele allen Mut und ging wieder hinaus. Es rief sie auch niemand zurück, denn mehr, als dass sie sich zeige, schien man von ihr gar nicht gewollt zu haben. Sie mochte auch nicht im Hause bleiben solange die Fremde zugegen war. So ging sie zu Fuß zum Châtelet und fuhr mit dem Metropolitain zum Père-Lachaise.

Es war drei Tage vor Allerheiligen.

Wie sie in die große Gräberstadt trat, wurde ihr ruhig

und friedvoll zumut. Sie fand es selbst rührend, da sie in ihrem schwarzen Kleid wie eine kleine Witwe die große Allee hinaufschritt, am Totenmonument vorbei, zur Höhe des Berges, wo die Kapelle und die Silhouetten der Bäume den Horizont abschneiden.

Rings war man geschäftig, die vielen kleinen Grabtempel zu schmücken für das nahende Fest der Toten.

Gabriele stand still und sah lange nach einer schönen Frau, die große weiße Chrysanthemen in die Vasen trug, die in solch einem Tempelchen standen. Darinnen brannten Kerzenleuchter von schlanker, hagerer Stilisierung und warfen ein grünes Zwielicht in den Raum. Daneben stand ein Diener und hielt in der Hand einen Betschemel, und sein Gesicht war so stumpf als ob er eine wächserne Maske davor hätte.

Auf der Höhe setzte sie sich auf eine Bank.

Sie war recht matt und niedergeschlagen.

In der Ferne donnerte und dampfte Paris. Ein weißer, schimmernder Nebel lag über den Dächern, Türme und Kamine ragten hinein wie dunkle Striche und Akzente.

Irgendwo raste ein Zug vorbei. Aber in einem ganz unwirklichen, ersterbenden Ton.

Sie dachte an den Augenblick, da man Roman Henry heraufgebracht. Er war schon starr und leblos. Ein Gemüseweib hatte ihn auf der Straße gefunden, als sie gegen fünf Uhr morgens von der Place du Panthéon her zu den Hallen fuhr.

Gabriele hatte sich über ihn geworfen und geschrien. Und als es nichts half, ihm ihre zärtlichsten Worte gesagt: »Mein Liebling, mein Herz, mein kleiner Hase, mein armer, kleiner Kohlkopf ...«

Denn so war sie als Kind oft von ihrer Mutter genannt worden.

Nun sann sie über die vergangene Zeit und über das dunkle Geheimnis nach und vermochte es nicht in die Ordnung eines deutlichen und verständlichen Bildes zu bringen. Dennoch hatte sie eine leise Ahnung, wie vielfältig und kompliziert der Streit und die Formel von Roman Henry letzter Lebenszeit war. Und sie trug auch, bei ihren so jungen Jahren, in ihrer Seele noch soviel Erstaunen und Verwunderung über das Dasein eines Menschen an sich, dass sie an sein Recht zur Erfüllung eines besonderen und abseitigen Schicksals glaubte und davor in schöner Ehrfurcht eine dumpfe Scheu empfand.

FSC
www.fsc.org

MIX

Papier aus ver-
antwortungsvollen
Quellen
Paper from
responsible sources

FSC® C105338